À ma sœur Armelle,

1ère partie

Face de Lune

L'œil souriant de la lune la regarde par la fenêtre mais Face de Lune n'arrive pas à dormir.

Face de Lune n'aime pas la nuit. C'est trop noir, c'est trop silencieux ou bien on entend des bruits qui craquent.

Papa dit que c'est le parquet, que le bois c'est vivant et qu'il travaille la nuit. C'est censé être rassurant.

Les grandes personnes ont souvent de drôles d'idées pour rassurer les enfants.

Face de Lune n'aime pas la nuit parce que quand l'obscurité surgit, sa gorge se noue. Pas un petit nœud de rien du tout. Plutôt un gros nœud de marin qui sert à amarrer les bateaux. Le genre de nœud coriace qu'on ne peut défaire qu'à plusieurs.

Face de Lune n'aime pas la nuit parce qu'elle ne sait pas vraiment ce qu'il s'y passe.

Peut-être que lorsqu'on ferme les yeux et qu'on s'endort, les objets se déplacent ?

Personne ne le sait puisque tout le monde dort.

Face de Lune entend son papa qui ronfle et sa sœur qui bouge dans son sommeil.

Elle, elle veille. Elle reste aux aguets, les oreilles en alerte, le cœur serré.

Le tic-tac de sa montre la berce et ses paupières s'alourdissent.

Face de Lune va s'endormir.

Elle va s'endormir malgré la peur, malgré la douleur. Elle se réveillera demain, toute étonnée d'avoir survécu à la nuit.

Face de Lune n'aime pas aller à l'école.

D'abord parce que tout le monde la regarde comme si elle avait un troisième œil, ensuite parce que la maîtresse a toujours l'air d'attendre quelque chose d'elle qu'elle ne comprend pas. Et surtout parce qu'elle ne voit pas bien à quoi ça sert.

« Marion a trois semaines de vacances. La première semaine, elle parcourt avec sa voiture 215 km. La troisième semaine, Marion fait 186 km. Avant de partir, le compteur de la voiture de Marion indique 32 426 km. À la fin des vacances, il indique 33 146 km. Calcule combien de kilomètres a faits Marion pendant sa deuxième semaine de vacances. »

Face de Lune ne sait pas. Elle s'en moque comme de sa première chemise. Marion n'a qu'à se tenir tranquille et ne pas se prendre pour un pigeon voyageur !

Face de Lune aimerait avoir le temps de réfléchir à ce genre de problème mais elle a franchement des choses plus graves à gérer dans sa vie.

Alors Marion fait ce qu'elle veut, elle voyage, elle visite, elle fait le tour du monde si elle en a envie. Face de Lune s'en contrefiche.

Déjà, on ne sait même pas où elle va cette Marion. Elle fait des kilomètres pour faire des kilomètres ou elle va visiter quelque chose ? Un musée ? Une ville ?

Parce que si c'est juste pour enquiquiner tout le monde avec ses kilomètres et son compteur, elle n'a qu'à rester chez elle !

Face de Lune n'aime pas les récréations.

Tous ces enfants qui rient, qui sautent dans tous les sens, ça la gêne. Elle voudrait avoir une grande télécommande magique et appuyer sur pause.

Les enfants s'arrêteraient d'un coup, figés dans leurs mouvements comme des statues de plâtre. Ce serait bien, ce serait calme, elle pourrait réfléchir à son aise, rester dans sa tête.

Ils sont agaçants tous ces enfants à hurler en permanence, à gesticuler sans cesse. Face de Lune ne se sent pas comme eux. Elle a l'impression d'avoir cent ans et de s'être égarée au mauvais endroit.

Elle rêve parfois que quelqu'un l'appelle et lui dise : « Mademoiselle, Vous vous trompez ! Pour vous c'est par là-bas, de l'autre côté. »

Elle aimerait bien ça, un endroit de l'autre côté, un ailleurs où elle se sentirait bien.

Peut-être qu'il existe cet endroit ?

Mais non... Face de Lune n'est pas naïve, elle sait bien que ça n'existe pas.

Face de Lune n'aime pas rester toute seule le mercredi après-midi.

Le temps semble trop long.

Elle tourne, elle vire, elle regarde sa montre, elle s'inquiète.

Elle se récite les consignes : « faire ses devoirs, ne pas toucher à la cuisine, ne pas rester des heures devant la télévision. »

Parfois, elle reste allongée sans rien faire pendant de longues minutes. Sans rester des heures devant la télévision, sans toucher à la cuisine, et sans faire ses devoirs...

Elle attend que sa sœur rentre du volley. Face de Lune aime bien sa sœur.

Elle est plus grande, elle est plus « tout ».

Elle est forte à l'école, forte au volley, elle a plein d'amis et il lui arrive encore de rigoler.

Face de Lune n'aime pas la danse.

Pourtant, ça fait longtemps que Face de Lune fait de la danse. Elle a commencé toute petite, mais ça, elle n'a pas envie de s'en souvenir.

Face de Lune n'aime pas entrer dans les vestiaires. En général, ça fait comme un aimant à l'envers. Si elle s'installe à droite à côté des douches, le groupe se forme à gauche à côté de la porte.

Si elle s'installe à gauche à côté de la porte, à tous les coups le groupe se forme à droite à côté des douches.

Parfois, Marie fait l'aller-retour entre les filles et Face de Lune. Elle lui parle de tout, de rien. Mais c'est de moins en moins souvent.

De toute façon, Face de Lune n'aime pas parler de tout et de rien.

Après, il y a le cours. Après, il y a la musique. Mais Face de Lune n'aime pas la musique. Elle reste là, inerte, elle est à contretemps.

Deux pas à droite, trois pas à gauche.

Elle ne voit pas bien à quoi ça sert.

Alors, Face de Lune a décidé de ne plus aller à la danse.

Pourtant papa a insisté.

« Tu aimes tellement ça la danse ! »

Ben oui, mais j'aime plus...

« Et puis tu as toutes tes copines ! »

Ben oui, mais elles m'agacent. Elles ricanent, elles parlent de leur collant, du spectacle, de la cantine, du nouveau maître des CM2...

Face de Lune s'en balance, s'en moque, s'en contrefiche. Elle a mal au cœur et mal au ventre. Elle voudrait s'effacer petit à petit, devenir transparente et disparaître.

Face de Lune n'aime pas les vacances.

D'abord parce qu'à l'école, tout le monde dit ce qu'il va faire.

Mattéo part en Espagne avec ses parents, c'est trop drôle, il va aller à Valencia !

Sophie fait un stage de poterie avec sa maman, c'est trop drôle on s'en met plein les doigts !

Marie part en Angleterre avec sa grand-mère, c'est trop drôle elles vont rouler à l'envers !

Face de Lune, elle, reste chez elle, son papa n'a pas de vacances, sa sœur fait un stage de volley, ce n'est pas drôle du tout et elle a envie de pleurer.

Face de Lune n'aime pas les vacances. Elle va aller chez sa grand-mère, peut-être, pour passer le temps.

Face de Lune n'aime pas aller chez sa grand-mère. Elle la regarde avec de grands yeux tristes et l'appelle sans cesse « ma pauvre petite ».

Mais Face de Lune n'est pas pauvre et ça fait maintenant longtemps qu'elle a cessé d'être petite.

Les adultes ne comprennent rien.

Les adultes c'est nul et tiens, Face de Lune n'aime pas les adultes non plus !

Ils veulent expliquer des choses qu'ils ne comprennent pas eux-mêmes. Les adultes pensent que quand on est enfant, on comprend à moitié ou au ralenti.

Les adultes ne comprennent rien. Les enfants comprennent tout.

Les enfants entendent quand on chuchote pour ne pas qu'ils entendent.

Les enfants ressentent la peine que les adultes cachent pour ne pas qu'ils la sentent.

Les enfants voient l'incompréhension dans les regards qui se détournent pour ne pas qu'ils la voient.

Les enfants comprennent tout.

Les adultes ne comprennent rien.

Les adultes ne comprennent rien du tout.

Face de Lune n’aime pas aller à la piscine.

D’abord parce qu’elle ressemble à une méduse avec son bonnet sur la tête. Ensuite parce qu’il fait froid.

Il faut rester là au bord du grand bassin à grelotter et attendre son tour avant de plonger.

Enfin, plonger c’est un bien grand mot. À part Simon qui nage comme un poisson, les plongeons ressemblent plutôt à des écrabouillages qui font de gros bouillons.

Le maître nageur crie sans arrêt et ne dit jamais que c’est bien, ce serait trop lui demander.

Face de Lune n’aime pas le maître nageur. Celui-là, à part faire des réflexions, il ne fait pas grand-chose. La dernière fois, il a appelé Zoé « grosse nouille ». C’est lui, la grosse nouille. S’il n’aime pas les enfants, il devrait changer de métier.

Tiens, aventurier ou astronaute, dans la jungle ou sur la lune, il n’y a pas d’enfant à embêter.

De toute façon, Face de Lune n’aime pas apprendre à nager.

Franchement, elle ne voit pas bien à quoi ça sert.

Face de Lune n'aime plus rien.

Face de Lune n'aime plus rien depuis que sa maman est partie.

Sa maman est morte un matin et la vie s'est arrêtée. Cette maman si douce qui riait aux éclats. Cette maman d'amour, ce rempart contre les tracas de la vie, ce château fort dans les bras duquel Face de Lune se sentait à l'abri.

Cette maman est morte, disparue, enlevée, d'un coup, d'un seul, comme ça.

Alors non, Face de Lune n'aime plus rien. Elle veut juste fermer les yeux et s'endormir pour partir rejoindre sa maman, là où elle est, dans les étoiles ou un paradis.

Face de Lune veut à nouveau entendre la voix de sa maman qui chantonne en la berçant « ma petite Face de Lune, ronde comme une petite prune, je te croque, je te croque ! » en faisant le tour de son visage rond.

Face de Lune ne se demande même pas pourquoi, ni comment, elle veut juste revenir en arrière.

Elle sent en elle la petite flamme de la vie qui vacille, s'étiole, se ratatine.

Elle a mal au ventre, elle a peur, elle a froid, tout le temps.

Face de Lune veut sa maman, tout de suite et maintenant.

Pourquoi est-ce que ça compte toujours aussi peu ce que veulent les enfants ?

Alors non, Face de Lune ne voit pas très bien à quoi ça sert de danser ou d'apprendre à nager si maman n'est plus là pour l'accompagner.

Face de Lune ne voit plus dans la lumière de son regard les encouragements et la fierté. Face de Lune se sent seule et abandonnée.

Le soleil ne brille plus. La vie est devenue en noir et blanc.

Comme une aquarelle qui a reçu trop d'eau, les couleurs s'estompent, se noient et perdent leur éclat.

Dans la tête de Face de Lune, tout s'est arrêté, glacé dans l'horreur de cette réalité qu'elle ne peut pas absorber. Cette réalité crue et sans pitié qui a assassiné son enfance, d'un coup d'un seul, sans trembler.

Alors, Face de Lune s'accroche à ce qu'il lui reste. Elle se concentre, grave dans sa mémoire toutes les images, tous les souvenirs. Elle y passe tout son temps.

Elle a peur de les perdre, elle a peur d'oublier.

Elle veut garder en elle les parfums, les sourires, les moments de complicité et même les querelles. Tout. Elle ne veut rien oublier.

Elle ne veut pas qu'un jour quelqu'un puisse lui dire que sa maman n'a pas existé.

Le papa de Face de Lune s'inquiète

Face de Lune a l'air d'un fantôme quand elle passe d'une pièce à l'autre dans la maison. Elle ne fait pas de bruit, elle ne dit rien.

On dirait une petite feuille que le vent balaye, sans volonté et sans but.

Le papa de Face de Lune s'inquiète.

Face de Lune est tellement triste qu'il n'arrive plus à lui parler. D'abord parce qu'il a sa propre peine à surmonter et aussi parce que Face de Lune est brisée.

Il voit bien tous les petits morceaux éparpillés, il aimerait les remettre en place mais elle ne le laisse pas s'approcher.

Le papa de Face de Lune s'inquiète.

Face de Lune a arrêté de jouer, de danser et même de pleurer. Il ne trouve pas les mots. Parce qu'il n'y en a pas. Leur vie est toute chamboulée. Leur vie ne sera plus jamais la même et il n'est pas sûr, lui non plus, de pouvoir l'accepter.

Face de Lune s'assoit dans la salle d'attente à côté de son papa.

Sur une table en bois, il y a des magazines tous mélangés.

Face de Lune a un nœud à la gorge et n'arrive pas à parler. Elle regarde le profil de son père qui feuillette un journal qui a au moins six mois, mais il pourrait tout aussi bien le tenir à l'envers tellement ses yeux sont dans le vide et n'accrochent ni les mots ni les images.

Face de Lune voit bien qu'il ne tourne pas les pages.

Face de Lune essaie de se concentrer sur le tableau accroché au mur. Il y a des ronds, des traits, des carrés… Que de l'abstrait c'est sûr.

Rien ne lui plaît dans cette salle surchauffée. Face de Lune aimerait être partie. Loin d'ici. Elle sait qu'elle ne va pas bien et qu'elle a besoin d'aide.

Mais de l'aide pour quoi faire au juste ?

Pour aller mieux a dit papa.

Mais aller mieux pour quoi faire au juste ?

Perdue dans ses pensées, Face de Lune entend une porte s'ouvrir et une dame arriver. Elle s'avance vers cette dame qui a les cheveux tous blancs et l'air renfrogné. Ça promet…

Au moment où papa dit « Bonjour Madame », une autre porte s'ouvre et une voix les fait se retourner.

C'est une dame brune au regard malicieux qui penche un peu la tête sur le côté et qui dit :

« Vous vous trompez Mademoiselle, pour vous c'est par ici, de l'autre côté… »

Et pour la première fois depuis fort longtemps et peut-être aussi parce qu'elle en a un tout petit peu envie, Face de Lune sourit.

2ème partie

Lorsque je reçus Mathilde pour la première fois, je fus captée par son regard clair sans détour.

Elle était plutôt grande pour ses dix ans, elle se tenait très droite et je lus comme un « au secours » la tristesse cristallisée dans ses prunelles.

Son père s'assit tout au bord de sa chaise, comme s'il ne comptait pas rester là très longtemps ou comme s'il se gardait la possibilité de bondir et de prendre la porte à tout instant.

Je m'installais tranquillement, le temps de les laisser prendre leur souffle. J'ai l'habitude, c'est mon métier depuis plus de quinze ans.

Le premier rendez-vous est très important. Je m'efforce de créer une ambiance sereine, pour que la personne qui est venue me voir puisse se détendre et m'exprimer pourquoi elle est là.

Dans le cas des enfants, c'est parfois un peu plus compliqué parce qu'ils n'ont pas fait la démarche eux-mêmes. Ce sont, la plupart du temps, leurs parents qui viennent solliciter mon aide.

Je regarde directement Mathilde et je lui demande si elle est confortablement installée.

Elle regarde ses chaussures et ne me répond pas. Je sens son père qui s'agite et ses yeux font le tour de la pièce comme s'il cherchait la sortie.

Ce n'est pas toujours simple de demander de l'aide, ni de savoir par où commencer. Parfois les mots restent bloqués.

Septembre annonçait la rentrée scolaire, l'activité reprenait.

Élisabeth retrouvait avec enthousiasme le chemin du lycée où elle donnait des cours d'anglais depuis bientôt quatre ans. Elle aimait la salle des profs et son joyeux brouhaha, les salles de classe et les élèves. Elle aimait surtout retrouver cette cadence bien rythmée qui occupait son emploi du temps et son esprit.

Elle avait passé un mois à Oxford comme chaque été, profitant à loisir de sa sœur, de ses neveux et des scones à l'heure du thé.

Élisabeth quittait toujours l'Angleterre avec nostalgie. Cette nostalgie du temps qui passe, des choix que l'on a faits, pas toujours bons, des moments en famille et de la vie telle qu'on l'avait rêvée.

Mais dès qu'elle tournait la clef dans la serrure et qu'elle déposait ses valises dans son appartement, elle ressentait la fierté et le soulagement de l'indépendance de ceux qui n'ont pas choisi la facilité.

Elle passait des heures à lire ou à écouter de la musique en sirotant du thé.

En défaisant ses bagages, elle s'amusait toujours de constater que sa garde-robe avait bien changé ! Les tailleurs chics et les robes de cocktail avaient cédé leur place à de larges pulls confortables et à des jeans usés. Et c'était bien mieux ainsi.

Elle aimait cet appartement lumineux qu'elle avait acheté à son arrivée en France quelques années plus tôt. Elle avait tout de suite vu le potentiel que lui offrirait ce grand volume et se sentait d'attaque pour les travaux qui s'annonçaient, symboles d'un nouveau départ.

Elle avait poncé et ciré le parquet, peint la pièce principale en beige très clair et avait chiné ici et là des meubles anciens qu'elle avait repeints en blanc. Les boutiques d'antiquaires ne manquaient pas à Toulouse et avec la nouvelle mode des vide-greniers, cela ne lui avait pas pris beaucoup de temps pour meubler l'appartement.

Élisabeth avait installé son bureau devant la fenêtre, face au parc. Elle pouvait ainsi faire une pause dans son travail, en imaginant une vie aux passants.

Sa chambre était vaste et colorée. Un grand lit trônait au milieu de la pièce. Face à lui, se tenait une magnifique commode à cinq tiroirs, couleur gris perle, sur laquelle Élisabeth avait placé une boîte à bijoux très ancienne qu'elle n'ouvrait jamais, à côté d'un immense flacon d'un célèbre numéro 5, vestiges de sa vie passée.

Mais ce qui frappait le plus en entrant dans cette pièce, c'était les livres. Partout, parterre, au-dessus du lit, sur une étagère, sur la table de nuit, en français, en anglais, cornés ou poussiéreux, des piles de livres, des quantités de livres... partout.

Pour Élisabeth, comme pour quantité de gens, les livres étaient des fenêtres ouvertes vers des horizons inconnus, des promesses d'ailleurs. Et Dieu sait qu'elle en avait eu besoin.

La rentrée était déjà passée depuis une bonne semaine et Élisabeth réalisa qu'elle n'était toujours pas passée à la librairie prendre sa commande. Il fallait qu'elle se dépêche, elle attaquait la leçon sur Shakespeare avec les premières dans dix jours et sans support ce serait mission impossible.

Une porte s'ouvre, une main cherche à tâtons un interrupteur. La lumière jaillit, blanche et crue, au milieu de l'appartement jusqu'alors baigné par la lueur pâlotte d'un soir d'octobre.

Elena rentre chez elle. La journée a été longue. Les clients ne se sont pas vraiment bousculés au portillon mais le livreur était venu inonder la librairie d'une vingtaine de cartons.

Le dos fourbu de s'être penchée et relevée, les bras chargés de livres, une bonne centaine de fois, Elena jeta ses clefs sur le petit meuble de l'entrée où trônait un joli cadre en métal brossé.

Elle se débarrassa de ses ballerines qu'elle avait payées une petite fortune et qui lui faisaient mal aux pieds, et appuya sur le bouton du répondeur qui clignotait.

Un laconique « Salut c'est Luc. Je suis bien arrivé à Londres. Je n'aurai pas le temps de te rappeler. À plus ! » se fit entendre.

Elle effaça le message et embrassa la pièce du regard, un brin découragée. Elle se laissa tomber sur le canapé et repensa à sa journée.

Aujourd'hui, tout était allé de travers.

Ce matin, Mary, l'étudiante anglaise qu'elle avait embauchée pour se dégager un peu de temps pour s'occuper de la paperasse et des fournisseurs de la librairie, ne s'était pas réveillée (conséquence d'une nuit très agitée et bien arrosée) et n'avait pas ouvert à dix heures comme convenu.

Aussi, quand Elena était arrivée à dix heures trente de son rendez-vous chez le banquier, elle avait trouvé devant la porte d'entrée un livreur mécontent et agressif « qui n'avait pas qu'un seul client à livrer lui ! » et Mme Duchesne, les bras croisés et les sourcils froncés qui l'accueillit avec un tonitruant « vous avez vu l'heure ? ».

Se confondant en excuses, elle avait ouvert la porte vitrée aux montants de bois sombres, libéré le livreur en signant un bordereau pour un tas de cartons qu'elle n'avait même pas comptés et installé confortablement Mme Duchesne dans un des deux fauteuils clubs en cuir brun qui ornaient le coin salon de la librairie.

En tendant une tasse de thé fumante à sa première cliente de la journée, elle se dit que Mary allait entendre parler d'elle !

Mary était une jeune femme de vingt-trois ans, initialement débarquée de son Angleterre natale pour étudier la langue de Molière, mais qui usait plus les fauteuils des boîtes de nuit que les bancs des amphis de l'université.

Elle n'était jamais ponctuelle, changeait de couleur de cheveux dès qu'elle avait quelques euros à dépenser, ne se souvenait jamais de son emploi du temps et avait un vocabulaire très imagé !

Mais malgré sa cargaison de défauts, Mary était un véritable rayon de soleil dans la vie d'Elena. Elle savait parler pendant des heures d'un livre qu'elle avait aimé, elle était toujours d'humeur joyeuse et surtout elle ne ménageait pas sa peine dans cette librairie.

Même si ce soir Elena avait les nerfs en pelote, elle savait bien que Mary arriverait demain avec deux croissants tous chauds en disant « Tu vas jamais me croire ! Devine qui j'ai rencontré hier soir ? ».

Et s'ensuivrait un quasi-monologue étourdissant, ponctué d'éclats de rire et d'expressions en anglais. Et Elena pardonnerait.

En poursuivant le fil de ses pensées, Elena se leva et se dirigea vers sa petite cuisine appréciant le contact froid du carrelage sous ses pieds.

Elle cala rapidement sur un plateau un verre de rosé,

reste d'une des rares soirées passées avec Luc la semaine précédente, une assiette de tomates en salade, un bout de fromage et du pain.

Elle s'installa devant la télé et coupa le son.

Tout en regardant les images, elle se dit que la solitude lui pesait de plus en plus souvent ces derniers temps. Elle jeta un regard au répondeur et songea que décidément, Luc et elle, se trouvaient sur deux trajectoires qui se croisaient de moins en moins souvent…

Elle n'attendait rien de particulier de cette relation et vraisemblablement Luc non plus.

C'était clair entre eux, implicitement, depuis le début : chacun sa vie.

Et ça durait depuis deux ans.

Luc voyageait beaucoup pour son travail et « passait » à l'appartement sans jamais s'installer.

D'ailleurs, hormis une brosse à dents, quelques pulls oubliés dans son armoire, un bouquin ici ou là, ce n'était pas chez lui. Il n'était que de passage à l'appartement comme dans sa vie.

Jusque-là cette situation lui convenait. Ne jamais s'attacher, s'impliquer. C'était un principe.

Ses yeux glissèrent sur le cadre de l'entrée, là-bas sur la console. Le cliché en noir et blanc, si précieux, si douloureux, dans son écrin de métal brossé, ravivait sa solitude.

Non, pas ce soir. Ne pas repenser à tout ça. Ne pas sentir tout ce froid qui s'infiltre dans ses veines.

C'était dans une autre vie. Il y a bien longtemps.

Claire comme à son habitude se leva à six heures trente, mit son peignoir en pilou, descendit l'escalier qui montait aux chambres pour se rendre à la cuisine où elle inséra une capsule dans sa magnifique machine à café toute neuve, cadeau de Mathieu, et ne pût s'empêcher de regretter l'ancienne à filtres.

Pendant que Mathieu finissait de se préparer, elle fit griller du pain, déposa sur la table un pot de confiture d'abricots de sa fabrication et le beurrier ébréché, couleur ivoire à fleurs bleues, qu'elle tenait de sa marraine et qui avait survécu à deux déménagements.

Elle prit une chaise et s'installa pour prendre son petit-déjeuner. C'était un des moments de la journée qu'elle préférait. Un petit moment de calme avant que Louise, douze ans, n'arrive comme une tornade en demandant « où tu as mis mon sweat bleu » avant de dire « bonjour » ; avant que Sam et Martin, respectivement huit et six ans, ne déboulent en hurlant « c'est lui qui a commencé ! ».

Elle beurra une tartine pour Mathieu et la déposa à côté de son café, au moment où il passait la porte de la cuisine. En s'installant, il lui fit remarquer d'un ton exaspéré :

« Je sais beurrer mes tartines. Tu n'es pas obligé de m'assister à ce point-là ! ».

Vexée, Claire lui demanda « quelque chose ne va pas ? ».

Il ne prit pas la peine de répondre et lâcha un « bon sang ! Je suis à la bourre ! ».

Il avala une gorgée de café, les yeux rivés sur sa montre, lui claqua une bise sur la joue sans même la regarder et disparut à toute allure.

Claire resta seule dans la cuisine. Mathieu était vraiment stressé en ce moment avec ce projet qu'il avait à rendre le mois prochain. Ce soir, elle lui préparerait un tajine aux abricots et aux citrons confits. C'était son plat préféré.

Elle feuilleta une ou deux pages de son magazine, sans

réussir à se concentrer. Le comportement de Mathieu la préoccupait en ce moment. Il était architecte et depuis qu'il s'était associé, le travail lui prenait tout son temps. Il fallait absolument qu'il lève le pied au bureau. Elle le trouvait distant et irritable.

Un hurlement l'empêcha de poursuivre plus avant sa réflexion. Louise, criait « rends le moi où je te tue ! » et courrait dans les escaliers à la poursuite de Sam qui riait aux éclats.

Il tenait à la main un petit carnet noir recouvert d'autocollants plus insolites les uns que les autres et lisait d'une voix théâtrale, en imitant sa sœur : « Je suis folle de lui, c'est vraiment le plus beau mec des cinquièmes… Même qu'il m'a souri. ».

Il n'eut pas le temps de finir. Louise lui arracha des mains son précieux journal qui n'avait plus grand-chose d'intime, et lui asséna un bon coup de pied dans les tibias.

La journée de Claire venait de commencer.

Lorsque tout le monde fut entassé dans la voiture avec « armes et cartables », Claire déposa tour à tour, Louise au collège et les garçons au primaire.

Le trajet s'était fait, comme à l'accoutumée, dans un brouhaha infernal qui émanait de Sam et Martin. Cette fois-ci, il s'agissait du dernier jeu de la « PS » qui était « hyper cool » et « trop super », sur fond de basses qui sortaient des oreilles de Louise, vissée à son iPhone.

Claire demanda sans succès, au moins trois fois, aux garçons de se taire ou de parler moins fort et tenta une approche auprès de sa fille, pour en savoir un peu plus sur ce six en maths incompréhensible.

Elle n'eut pour réponse qu'un « Mais c'est bon, j'te dis ! Je vais me rattraper ! En plus, j'ai eu seize en anglais ça compense, non ?! C'est bon là ? J'peux écouter Muse tranquille ? ».

IPhone, conversation terminée.

Claire ne savait pas qui était Muse et ce n'était visiblement pas la peine de poser la question.

Après avoir déposé les enfants, elle roula jusqu'au centre commercial où elle remplit un caddie avec les courses de la semaine pour toute la famille, sans oublier les rasoirs jetables de Mathieu et du shampoing pour Louise, le gris, « pas le vert qui craint ».

Léo arriva à la maison vers dix-sept heures trente. Il n'y avait personne. Elle appela : « Mathilde ? Tu es là ? Mathiiiiiilde ! ».

Mais personne ne répondit. Elle monta les escaliers quatre à quatre et poussa la porte de la chambre de sa sœur. Le lit trônait au milieu de la pièce rose et bleue, son doudou dépassait de sous l'oreiller. Elle n'était pas là.

Mathilde finissait l'école à seize heures trente, elle prenait le bus et arrivait vers dix-sept heures à la maison. Léo la rejoignait peu après. Bon, c'est vrai, là Léo avait un peu traîné avec ses copines et surtout avec Louise avec qui elle devait faire un exposé.

Bon sang ! Où était Mathilde ? Pourquoi n'était-elle pas rentrée ? Léo pensa une seconde à appeler son père mais elle se ravisa. Mieux valait d'abord vérifier à l'école avant de prévenir leur père qui allait stresser comme un malade et peut-être même lui faire des reproches. Pourquoi es-tu rentrée plus tard ? Tu dois veiller sur ta sœur. C'est toi la plus grande, je compte sur toi... Et blablabli et blablabla !

Léo griffonna sur un bout de papier « Math, si tu rentres à la maison avant moi, attends-moi, j'arrive. » Et elle maudit sa sœur d'avoir dix ans et de ne pas être assez grande pour avoir un portable comme tout le monde !

Léo prit le bus au coin de la rue et fit le trajet jusqu'à l'école. Depuis la fenêtre, elle guettait l'arrêt de bus qui se trouvait à quelques mètres du portail.

Et là, sur le banc, Mathilde était assise. Elle balançait ses pieds et regardait dans le vide.

Elle avait l'air d'être si petite et si triste.

Léo sauta du bus et courut vers sa sœur.

« Math...

— Ah tu es là...

— Ben oui, je suis là ! Tu le fais exprès ou quoi ! Je me suis fait du souci moi ! Qu'est-ce que tu fais là ? Pourquoi

tu n'es pas rentrée à la maison ?
— Je ne sais pas... J'attendais maman...
— Quoi ? Bon, allez, viens, on rentre. »

Léo était désemparée. Sa sœur avait vraiment des comportements étranges. Elle avait l'air complètement cinglée ! Parfois, Mathilde lui fichait carrément la trouille !

Une fois à la maison, alors que Léo accrochait son manteau dans l'entrée, elle sentit Mathilde derrière elle.

« Dis Léo... Quand est-ce qu'elle va rentrer maman ?

— Mais tu te fous de moi ! Maman est morte Math ! MORTE ! Tu comprends ça ? Elle ne reviendra jamais ! Mets-toi ça dans le crâne ! »

Mathilde se mit à sangloter.

Léo n'en pouvait plus. Elle était à bout de nerfs. Elle ressentait une vague de colère qui la submergeait. Elle en avait marre. Marre de la vie qui les malmenait, marre de cette petite sœur qui s'enfermait dans son monde imaginaire et qui ne voulait pas comprendre.

Elle en avait marre de son père qui n'était pas là pour s'occuper de sa sœur et d'elle parce qu'il fuyait cette maison trop vide où l'on ne riait plus jamais.

Elle avait envie de hurler ! De partir loin de cette maison de tristesse, loin de cette vie pourrie où les mamans meurent trop tôt, où les papas se cachent pour pleurer et où les petites sœurs déraillent.

Merde après tout ! Elle, elle n'avait rien demandé ! Elle voulait juste qu'on lui fiche la paix et qu'on la laisse vivre !

Parce qu'elle, elle voulait vivre, même si c'était la seule dans cette famille unijambiste.

Parce qu'elle savait que c'est ce que sa maman aurait voulu.

Élisabeth prit la direction du Capitole, elle aimait flâner dans les rues. Ce matin d'octobre était plein de promesses. Le ciel bleu azur lui souriait et elle se sentait le cœur léger. La chaleur était toujours présente en ce début d'automne, l'été indien commençait à s'installer. C'est ce qu'elle avait aimé en arrivant à Toulouse, cette arrière-saison clémente, colorée où les terrasses de café s'attardaient.

Elle rejoignit la rue st Antoine, tourna à gauche et se dirigea vers la librairie d'Elena à la devanture vert bouteille qui lui rappelait invariablement son Angleterre.

Il était dix heures trente, Elena avait dû ouvrir une demi-heure plus tôt. Avec un peu de chance, Mary aurait réussi à se lever ce matin et elle pourrait emmener Elena prendre un café quelques rues plus loin.

En arrivant à Toulouse, quatre années auparavant, Élisabeth avait découvert cette librairie un peu par hasard, au gré de ces balades dans le centre-ville. Elle avait franchi la porte, attirée par les livres joliment présentés dans la vitrine. Elle avait rapidement été séduite par l'intérieur de la boutique où un coin salon permettait aux clients de s'installer pour lire, dans de magnifiques fauteuils club, bruns et rondouillards.

Le carillon de l'entrée annonça son arrivée. Elena était en grande conversation avec une cliente, lui vantant vraisemblablement les mérites du livre d'Alexis Jenni « L'art français de la guerre », qu'elle tenait à la main.

Ses lunettes de vue posées en équilibre sur sa tête, Elena parlait de sa voix douce et claire, les joues rosies par l'excitation, comme chaque fois qu'elle se lançait dans des démonstrations ou des explications.

Elena tourna la tête, aperçut Élisabeth et lui lança un clin d'œil avant de poursuivre sa discussion.

Élisabeth s'avança vers la table qui se tenait à gauche en rentrant et sur laquelle Elena exposait un thème en particulier ou un auteur, chaque mois.

Ce mois-ci était consacré aux « polards » dont Élisabeth raffolait.

Des livres de Harlan Coben, Agatha Christie, Stieg Larsson, Patricia Cornwell, Michel Bussi, Steve Berry, Michael Connelly, Bernard Minier, Joël Dicker et bien d'autres, étaient disposés là sur une nappe en soie noire, certains dans des coffrets.

Élisabeth se demanda si le commandant Servaz s'était lancé récemment dans une nouvelle aventure qu'elle n'aurait pas encore lue, mais vu sa propension à consommer ce genre de lectures, c'était peu probable !

Elena était à présent derrière le comptoir, elle encaissait sa cliente.

Élisabeth l'observa.

Elena était plutôt grande, environ un mètre soixante-dix, ses cheveux bruns aux reflets acajou étaient négligemment attachés en un chignon. Elle était vêtue d'un jean foncé et d'une blouse liberty aux tons bleus qui tombait légèrement sur son épaule. Elle avait toujours l'air décontractée. Distinguée et décontractée. Un paradoxe. Comme tout ce qui émanait d'Elena. Élisabeth savait peu de choses finalement la concernant. Elena était discrète par nature et peu encline aux confidences. C'était d'ailleurs certainement une des raisons pour lesquelles elle s'entendait si bien avec Élisabeth. Pas de questions. Pas de questions sur le passé en particulier. Ça leur convenait.

Ce qui avait frappé Élisabeth lorsqu'elle avait rencontré Elena pour la première fois, c'était ses yeux.

Un regard vert gris, assez indescriptible d'ailleurs, qui irradiait d'un mélange de tristesse, de gravité et de maturité qui n'allait pas vraiment avec ses vingt-neuf ans.

Élisabeth aurait eu du mal à définir la personnalité d'Elena. Elle lui donnait l'impression d'être fragile et forte à la fois. Elle avait cette confiance des gens qui n'ont plus grand-chose à perdre. Et loin d'effrayer Élisabeth, cela la faisait se sentir proche d'elle.

J'ai changé de cabinet il y a peu. Je me suis rapprochée de mon quartier et divisé mon temps de trajet par deux.

Je me sens bien dans ce nouvel univers. J'ai partagé pendant des années un cabinet avec un ostéopathe. Et quand Philippe a décidé de prendre sa retraite, j'ai, à mon tour, décidé de me lancer dans un nouveau projet.

Je ne me voyais pas occuper l'espace que nous avions partagé pendant plus d'une décennie, toute seule.

Quand quelque chose se termine, j'essaie d'aller de l'avant et de passer à autre chose.

J'ai trouvé cet appartement à deux pas de chez moi complètement par hasard.

Je flâne souvent dans ce quartier et un soir où je rentrais tranquillement en parlant au téléphone avec mon mari, j'ai vu le petit panneau rouge et blanc de l'agence immobilière au premier étage d'une « Toulousaine », une belle bâtisse en brique rouge, cossue avec un portail en fer forgé.

J'ai sauté sur l'occasion. J'ai noté le numéro de l'agence, visité l'appartement quelques jours après et signé l'achat dans la foulée.

Quand c'est le moment, c'est le moment.

Tout se déroule comme par magie, l'univers conspire, les planètes s'alignent.

J'y suis depuis presque deux ans. Je m'y sens bien. On entre par un petit couloir qui mène à une salle d'attente très lumineuse où j'ai disposé quelques plantes vertes. Mon bureau donne sur le petit couloir attenant à la salle d'attente, ce qui fait que les personnes ne se croisent pas en entrant et en sortant de mon bureau.

J'ai installé un secrétaire ancien au fond à gauche dans la pièce où je consulte. Deux fauteuils en cuir brun confortables et une bibliothèque occupent le reste de l'espace.

Boris Cyrulnik, Milton Erickson, Grinder et Bandler,

Roberto Assagioli, Flore Delapalme, Sogyal Rimpoché, Frédéric Lenoir, Christophe Fauré, Bruno Bettelheim, François Lelord, Hal Elrod et tant d'autres occupent les rayons de ma bibliothèque.

Elle est tellement remplie que les livres commencent à pousser par terre, en piles bien serrées, comme des champignons.

Je ne me résous jamais à donner mes livres. Je les prête souvent et il m'arrive d'en relire fréquemment. Certains ont même des notes dans la marge, des marque-pages colorés qui dépassent. D'autres sont surlignés pour que je puisse retrouver plus facilement certains passages.

Il y a tellement de livres. Il y a tellement à apprendre.

J'aime cette pièce aux immenses fenêtres, la lumière dorée du matin qui caresse le parquet blond, les teintes chaleureuses et claires des murs et du sol.

J'aime l'énergie qui circule ici.

Sur mon bureau, j'ai fait encadrer deux citations, une de Richard Bandler et une de Galilée. Je les relie dès que possible car elles sont à la base du travail que j'exerce ici.

« Au lieu d'identifier ce qui ne tourne pas rond, vous pouvez identifier les moyens de vous épanouir. »

« On ne peut rien apprendre aux gens. On peut seulement les aider à découvrir qu'ils possèdent déjà en eux tout ce qui est à apprendre. »

Mathilde ne voulait pas croire que sa maman était morte. D'abord, les mamans ça ne doit pas mourir avant d'être une mamie avec des cheveux gris, une canne et tout le toutim.

Quand son papa était rentré de l'hôpital, les yeux tous rouges et l'air d'avoir pas dormi pendant une semaine et qu'il lui avait annoncé, en se mettant à genoux « ça y est ma puce, maman nous a quittés, elle est au paradis », Mathilde avait entendu mais c'était comme si les mots étaient dans du coton.

D'abord, elle s'était dit que comme ça, peut-être, on allait arrêter de parler de cancer et de maladie parce qu'il y a plus joyeux dans la vie.

Et que quand maman rentrerait de l'hôpital, ils pourraient retourner tous ensemble faire des pique-niques dans les bois. Parce que maman, c'était la championne des pique-niques et qu'on rigolait tout le temps avec maman.

Mais ça, c'était avant le cancer, avant les infirmières qui défilaient à la maison et avant que maman disparaisse à l'hôpital sans lui dire au revoir.

Papa venait de dire que maman était partie au paradis mais Mathilde n'y croyait pas. Son esprit « buggait ». Il ne pouvait pas assimiler cette odieuse nouvelle qui mettait en miettes tous ses repères et détruisait sa vie.

Après tout, à dix ans comment peut-on croire à ça ?

Au fil des mois, Mathilde avait perdu son sourire, à peu près en même temps que l'appétit. Dès que la nuit commençait à tomber, Mathilde sentait une grosse boule dans sa gorge qui serrait, qui serrait très fort. Elle avait peur de la nuit.

Il se passe de drôles de choses la nuit. Parfois, tu vas te coucher et quand tu te lèves le matin, ta maman a disparu !

On te dit qu'elle est à l'hôpital mais que tu ne peux pas lui parler ni aller la voir parce qu'elle est très très fatiguée et qu'elle est dans une chambre spéciale où on n'a pas le droit d'entrer.

Alors Mathilde n'aimait pas aller se coucher.

On ne savait jamais, si Léo et papa disparaissaient eux aussi…

Mathilde avait fini par me raconter ce qui l'empêchait de s'endormir le soir. La nuit l'inquiétait, la terrorisait. Elle ressentait d'abord dès que la nuit tombait un gros nœud dans sa gorge. Elle le voyait très bien ce nœud. Il était comme une corde de bateau. « Tu sais, blanc, un peu gris, énorme, comme ceux de l'école de voile, qui ne peut pas se défaire. »

On avait travaillé sur ce nœud. On avait essayé de l'assouplir, de le détendre, de changer sa couleur et sa texture, de l'éloigner, de le rapprocher, pour l'apprivoiser. Pour accepter qu'il soit là.

On avait même imaginé par quoi on pourrait le remplacer. C'était un début. Mathilde avait réfléchi longtemps, les yeux au plafond. Puis elle m'avait annoncé « Je ne veux pas le remplacer, pas tout de suite… Je me suis habituée à ce nœud finalement, même s'il me fait mal… » Une longue pause avait suivi.

« Quand je serai prête… Si je devais le remplacer… Je crois que je mettrais une fleur qui s'ouvre et qui se ferme… Une fleur bleue… Comme celles que maman aimait. »

C'est pour ces petits moments de grâce que j'aime mon métier.

L'espoir et la Vie sont à proximité.

Le trente et un décembre, Elena ferma la librairie à dix-sept heures, comme indiqué sur l'écriteau rouge et or fixé à la porte d'entrée.

Elle remonta le col de son manteau, ne prit pas le temps de mettre ses gants ni son écharpe : elle passait chez elle se changer avant de se rendre chez Claire.

Elle monta quatre à quatre les escaliers qui menaient à son appartement situé juste au-dessus de la librairie et tira les lourds doubles rideaux gris clair qu'elle avait changés récemment.

Elle mit un CD en route, « James Blunt », oublié par Luc probablement.

Elle se déshabilla rapidement dans sa chambre, en laissant son jean et son pull bleu marine en boule au pied de son lit. Elle rangerait demain !

Elle se fit couler un bain, y jeta quelques gouttes d'huiles essentielles qui sentaient la fleur d'oranger, et se plongea dans l'eau bien chaude. Un vrai délice !

Elena sentit peu à peu ses muscles se détendre. Les yeux fermés, elle se laissait emporter par la musique. Un peu de détente était la bienvenue après la folie acheteuse de cette semaine.

La librairie n'avait pas désempli. Et bien que Mary l'ait épaulée toute la semaine, il y avait eu souvent la queue devant le comptoir.

Elle avait regardé les chiffres avant de partir ce soir. Pour le mois de décembre, elle avait fait un meilleur chiffre d'affaires que l'année passée. Son banquier allait être content !

Elena ne s'en faisait pas vraiment pour l'activité de la librairie. Ces parents lui avaient largement laissé de quoi subvenir à ses besoins.

Paul Garnier, le meilleur ami de son père et avocat, avait été mentionné dans leur testament pour s'occuper des intérêts d'Elena au cas où il leur serait arrivé quelque chose.

Le cas où était arrivé. Paul Garnier avait aidé Elena de son mieux.

Il était maintenant à la retraite. À soixante-cinq ans, Paul était toujours un homme plein d'énergie et de bon conseil. Elena le voyait de loin en loin, environ deux fois par an. Mais elle ne manquait pas de recevoir de sa part, chaque début d'année, une carte de vœux chaleureuse qui l'assurait de son amitié et de son soutien.

Évoquer Paul lui rappelait invariablement sa tante Diane. Diane était la sœur de son père. Sa seule famille. Elle vivait désormais aux États-Unis avec son mari qui travaillait pour l'ambassade de France.

À la mort de ses parents, Diane avait eu un comportement inqualifiable.

Elena avait été recueillie par sa grand-mère Sophia, déjà âgée. La logique aurait voulu que Diane s'occupe de sa nièce orpheline ou du moins, le propose. Elena se souvenait encore de cette conversation qu'elle avait entendue, juste après les funérailles, perchée en haut de l'escalier. Sophia et Diane parlaient dans la cuisine. Elle n'entendait pas vraiment ce qui se disait. Puis subitement le ton était monté. Sophia avait crié « Comment peux-tu dire une chose pareille ? Bertrand était ton frère ! ». Ensuite, elle avait entendu Diane rétorquer « Je vous rappelle Sophia que je n'ai pas d'enfant, je ne vais pas m'encombrer de ceux des autres ! ».

La voix étouffée de Sophia lui était parvenue « Elena reste avec moi. Tu n'es plus la bienvenue ici. Je te prie de sortir. »

La porte d'entrée avait claqué et Diane avait disparu.

Elena avait appris plus tard que lorsque Sophia avait demandé à Diane de prendre Elena pendant les vacances scolaires (il n'avait jamais été question de plus : Sophia n'avait qu'une petite fille et comptait bien s'en occuper), celle-ci lui avait répondu « chacun ses problèmes ! »

Diane était une actrice née. À l'enterrement de son frère et de sa belle-sœur, elle s'était effondrée en pleurs. Disant à qui voulait l'entendre qu'elle aimait son frère unique plus que tout et que cet accident était une véritable tragédie. Elena n'avait eu droit, quant à elle, qu'à un « ma pauvre petite ! Que vas-tu devenir ? ». Aucun geste tendre, aucun élan du cœur. Rien.

Dès que les amis des parents d'Elena étaient partis, Diane avait laissé tomber le masque de la sœur éplorée et retrouvé son vrai visage. Elle ne comptait visiblement pas changer d'un iota, sa vie bien réglée.

Diane réapparut deux ans plus tard. Elena avait quatorze ans. Elle était arrivée sans s'être annoncée chez Sophia. La berline aux vitres teintées s'était arrêtée devant la maison et Diane en était descendue, longue comme une liane, superbe dans ses vêtements hors de prix, des lunettes noires surdimensionnées cachant ses yeux clairs.

Par chance, ce jour-là, Paul Garnier leur rendait visite et lorsque Diane avait sonné, ils se trouvaient tous les trois au salon en train de prendre le thé.

Sophia lui avait ouvert. Un iceberg aurait sans doute été plus chaleureux. Et lorsque Diane avait expliqué que finalement elle avait bien réfléchi et qu'elle comptait prendre Elena chez elle. Sophia avait pâli de colère. Elena revoyait trembler les mains aux veines bleues de sa grand-mère comme si c'était hier.

Elena, du haut de ses quatorze ans, s'était interposée et avait dit « Tante Diane, je n'irai nulle part. Je reste chez Sophia ».

La conversation avait vite dégénéré. Et lorsque Diane s'était permis de dire à Elena « ça aurait pu être pire, tu pourrais être pauvre ! ». Paul Garnier, jusque-là resté en retrait, avait bondi, attrapé Diane par le bras et l'avait jetée dehors en lui disant de sa voix d'un calme menaçant « Maintenant, ça suffit ! ».

Ils étaient restés dehors une bonne vingtaine de minutes. Seul, Paul Garnier parlait. Et on devinait malgré les lunettes de soleil, la stupeur se dessiner sur le visage de Diane. Elle était remontée dans sa berline. Et Elena n'avait plus jamais entendu parler d'elle.

Paul en rejoignant Sophia et Elena à l'intérieur avait simplement déclaré « C'est réglé. ». Personne ne sut jamais ce qu'ils s'étaient dit. Mais Elena devenue adulte, ne pouvait s'empêcher de penser que Diane était sans doute revenue par intérêt, pour l'héritage que lui avaient laissé ses parents… C'était sans compter la vigilance de Paul Garnier.

Le CD de James Blunt était fini depuis longtemps. L'eau du bain était froide. Elena maudit ses souvenirs qui arrivaient toujours quand elle ne les attendait pas. Elle sortit de son bain, réalisa qu'il était déjà dix-neuf heures trente et qu'elle ferait mieux de se dépêcher si elle ne voulait pas arriver la dernière chez Claire.

Elle avait accepté malgré elle l'invitation, emportée sur le moment par la bonne humeur contagieuse de Claire. Mais maintenant, Elena n'avait pas du tout envie d'y aller. Elle détestait tout ce qui s'apparentait de près ou de loin à une fête de famille. Alors la période de Noël !

Mais quand Claire avait appris qu'elle était seule le trente et un au soir, elle lui avait dit « C'est hors de question que tu restes seule ! N'y pense même pas ! ».

Claire organisait une petite soirée avec des amis. Il y aurait une vingtaine de personnes en tout avec les enfants. À part Élisabeth, Elena ne connaîtrait personne.

Elena enfila un pantalon noir et un petit pull bleu gris qui mettait ses yeux en valeur, accrocha à ses oreilles des boucles toutes rondes en argent et noua un chèche de la même couleur que son pull autour de son cou. Elle se regarda brièvement dans la glace. Pas très habillé... Mais elle se sentait bien dans ces vêtements et ce soir il valait mieux qu'elle se sente bien.

Elle passa à la salle de bains, brossa ses cheveux bruns aux reflets acajou, et en fit un chignon.

Elle mit un peu d'ombre à paupières sombre sur ses yeux et du mascara.

Elle enfila ses escarpins et son manteau noir, attrapa une bouteille de champagne qu'elle avait mis au frais pour l'occasion et sortit.

En rangeant ses clefs dans son sac, elle jeta un rapide coup d'œil à sa montre. Vingt heures quinze. Elle sauta dans son taxi. Elle était dans les temps, elle serait avant vingt heures trente chez Claire.

Quand elle arriva, de la musique filtrait par les fenêtres, des loupiotes jaunes clignotaient un peu partout sur la façade. Elena respira un grand coup et se dit « c'est parti ! ».

Une Claire tout excitée lui ouvrit la porte. Elle portait une robe bleu nuit et un collier de perles. C'était la première fois qu'Elena la voyait habillée et maquillée et elle lui glissa à l'oreille « tu es superbe ! » quand celle-ci la serra dans ses bras.

« Dommage qu'il n'y ait que toi qui t'en aperçoives... » répondit Claire sur un ton mi-figue mi-raisin. Mais Elena n'eut pas le temps de réagir, elle lui présentait déjà un couple d'amis.

La quarantaine, lui banquier, elle mère au foyer, trois enfants. Elena faillit demander tout haut si le labrador était présent ce soir et dans quelle banlieue se trouvait leur magnifique pavillon tellement ils avaient l'air d'une caricature. Elle se reprit et se dit qu'elle n'était vraiment pas charitable et que son cynisme provenait sans doute plus de son mal-être en cette période de fêtes que de ces braves gens.

Ils étaient des amis de Claire. Aucun ami de Claire ne pouvait être foncièrement inintéressant.

Elle se força donc à serrer des mains et à mettre un large sourire sur son visage. Elle s'aperçut dans un miroir et se dit qu'elle faisait bien illusion avec son sourire et sa gaîté artificielle.

Eh oui, des années d'expérience !

Elle se réfugia bien vite dans la cuisine où régnait un joyeux capharnaüm et aperçu Élisabeth par la porte-fenêtre ouverte qui fumait une cigarette dans le jardin.

Elena sortit rejoindre son amie.

« Alors, ma belle ? Déjà là ?

— Salut Elena ! J'avais promis à Claire de venir plus tôt pour l'aider. Mais là, je fais une pause…

Elles échangèrent un sourire complice. Elena vola une cigarette à son acolyte.

— Je ne savais pas que tu fumais…

— Seulement en cas d'extrême urgence !

— Je vois… Tu as un problème avec la dinde, toi aussi…

— Avec la dinde, avec les marrons et même avec le sapin !

— Ah… C'est pire que ce que je pensais… Tu as consulté ? »

Elena et Claire rirent de bon cœur, amusées par cette complicité grandissante, cette amitié vraie, sans fard, qui les réchauffait toutes les deux.

« Ah ! Vous êtes là les filles ! Est-ce que l'une de vous aurait pensé à prendre de l'arsenic dans son sac ? Je pense que je vais tuer ma mère ! », les interrompit Claire.

Interdites, Elena et Élisabeth dévisagèrent Claire.

« Ne faites pas cette tête ! C'était une blague ! Quoi que… Enfin ! Pour faire simple, ma mère me pourrit la vie depuis son divorce d'avec mon père. À peine quinze ans, remarquez ! Ça passe vite ! Les fêtes de fin d'année, c'est l'apothéose ! Bon, on y retourne ? Elena, peux-tu ouvrir la porte ça vient de sonner ? Et Élisabeth, peux-tu trouver Louise, elle a dû se réfugier dans sa chambre. Avec une grand-mère pareille, je ne peux pas vraiment la blâmer ! Pendant ce temps, je m'occupe du champagne ! »

Elle s'affairait déjà dans la cuisine. Un véritable ouragan !

Elena et Élisabeth partirent accomplir leur mission en riant sous cape.

Vous aviez le cafard ? Claire était un véritable antidote !

Elena se fraya un chemin à travers les invités et ouvrit la porte. Un homme attendait sur le palier. Un grand brun, les cheveux en bataille, un caban bleu marine au col relevé, un sourire gêné et un bouquet à la main. Il la regardait, visiblement surpris de ne pas tomber sur Claire.

Une seconde trébucha.

« Heu… Bonjour, je suis Thomas l'associé de Mathieu…

— Oui, bien sûr ! Je suis Elena une amie de Claire. Je vous en prie, entrez. »

Claire arrivait déjà pour l'accueillir.

« Salut Thomas ! Merci pour les fleurs, c'est très sympa ! Mes préférées évidemment ! Elena, cet homme est un gentleman. Thomas, cette femme est une perle… de culture, elle est incollable en littérature ! Voilà les présentations sont faites ! Thomas, donne-moi ton manteau, je te débarrasse. Elena, je te confie mes fleurs ! »

« Avec plaisir ! » murmura Elena un peu gênée par les présentations expéditives de son amie et partit rapidement en direction de la cuisine où elle se mit en quête d'un vase pour disposer les roses blanches.

La fête battait son plein au son de « Gingle Bells ! Gingle Bells ! ». Claire avait composé un buffet digne d'un grand restaurant. Cette dernière semblait montée sur ressort ! Elle servait du champagne, avait un mot gentil pour l'un ou pour l'autre des invités, évitait soigneusement sa mère, caressait au passage les cheveux de ses « bambini » chéris.

Une hôtesse cinq étoiles !

Elena remarqua quand même que Mathieu, n'avait pas une seule fois prêté main-forte à son épouse. Il discutait à présent dans un coin du salon avec Thomas. Sans doute boulot. Claire ne cessait de dire qu'il était un bourreau de travail. Mathieu avait toujours été très avenant avec Elena et serviable. Il l'avait aidé plusieurs fois pour transporter un meuble et même une fois à la librairie, lorsqu'elle avait eu ce problème informatique, c'est lui qui l'avait dépannée.

Mais dès que Mathieu se trouvait en présence de Claire, il était différent. Il se moquait d'elle volontiers et avait une fâcheuse et subtile tendance à la rabaisser. Que se passait-il entre eux ? Elena ne s'était jamais permis d'aborder le sujet.

Elle regardait par la large baie vitrée les flocons de neige qui s'étaient mis à tomber. De sombres pensées commençaient à s'insinuer dans son esprit. Ses parents étaient morts début janvier, alors qu'elle finissait les vacances de fin d'année chez Sophia.

La neige avait été fatale pour eux.

Pourtant, c'est si beau la neige. Tous ces flocons.

Thomas observait de loin cette fille étrange qui s'était présentée comme une amie de Claire.

Elle était debout de l'autre côté de la pièce, face à la baie vitrée. Elle semblait happée par l'extérieur comme si une force surnaturelle l'obligeait à scruter la nuit noire.

Elle se tenait droite, le dos tendu. Sa main glissait parfois contre son front pour ramener une mèche de cheveux derrière son oreille. Quand elle lui avait ouvert la porte tout à l'heure, il avait été frappé par son visage. Un visage doux, lisse presque enfantin où deux grands yeux gris-vert prenaient toute la place. Il n'avait vu que ça. Ses deux yeux magnifiques et tristes.

Elle l'avait fixé avec une telle intensité. Il l'observait depuis son arrivée, discrètement. Il la regardait sourire, parler et ne pouvait s'empêcher de remarquer la distance de son regard. Comme si elle n'était pas vraiment là. Comme si elle pensait à autre chose.

Elle avait eu un regard désarmant lorsqu'elle avait aperçu les flocons qui commençaient à tomber par la fenêtre. Un regard d'une tristesse infinie. Il avait ressenti un pincement au cœur et avait eu envie de la prendre dans ses bras.

Comment une si jolie fille pouvait-elle être si triste. Et que faisait-elle le soir du réveillon chez Claire, visiblement toute seule ?

Il avait envie de lui parler. Mais il sentait bien que ce n'était pas une fille à qui on pouvait dire des choses banales et engager la conversation en parlant météo.

Thomas s'était approché d'Elena, sans qu'elle s'en rende compte. Il se tint debout à côté d'elle un long moment sans rien dire, fixant lui aussi les flocons.

« Vous avez des yeux tout à fait étonnants. Je n'ai jamais vu une couleur pareille... », dit-il, le regard toujours perdu quelque part dans la nuit noire.

« À l'origine, ils étaient verts... Mais j'ai trop pleuré... La couleur est partie... », répondit Elena fixant toujours les flocons à travers la large baie vitrée.

Puis elle se retourna.

Ils se regardèrent en silence une poignée de secondes, lui, surpris par cette réponse et scrutant l'iris gris taché de vert, elle, étonnée d'en avoir tant dit à un parfait inconnu.

Cet échange silencieux fut bruyamment interrompu par Claire, les bras chargés d'un premier plateau débordant de canapés au saumon fumé et d'un autre, plus petit, où deux coupes de champagne étaient disposées et leur étaient destinées.

« Je vous signale que vous n'avez rien à boire ! C'est la fête les amis ! On rit, on trinque ! Ça vous rappelle quelque chose ? Oh ! Zut ! Le four ! Elena, quand tu auras fini, tu peux me donner un petit coup de main ? »

Elle était déjà repartie dans un tourbillon vers la cuisine, augmentant le son de la minichaîne au passage.

Elena but une gorgée de sa coupe et la reposa sur le petit guéridon de bois à côté d'elle.

Thomas la regardait toujours.

Il n'avait pas touché à son champagne et Elena lut mille questions dans ses yeux.

Mille questions auxquelles elle n'avait pas envie de donner de réponse.

Elena le quitta vivement pour rejoindre Claire en pensant que « Monsieur mille questions » n'avait rien à lui envier. Lui aussi avait des yeux étonnants.

Elena connaissait bien cette couleur. C'était celle des yeux délavés.

Élisabeth quitta Claire et Elena pour retrouver Louise dans sa chambre au premier étage. Elle toqua à la porte deux fois sans obtenir de réponse puis se décida à entrouvrir la porte. Louise était allongée en travers de son lit sur le ventre. Un casque volumineux rose et blanc recouvrait ses oreilles et elle écrivait dans un journal.

Élisabeth l'observa quelques instants, émue par cette petite fille qu'elle avait vu grandir et qui n'en était plus tout à fait une... Elle effleura son épaule et Louise sursauta comme on pouvait s'y attendre.

« Désolée Louise, j'ai frappé plusieurs fois mais tu ne m'as pas entendue.

— C'est pas grave. Tu peux entrer.

— Ça va ?

— Ouais. Bof...

— Tu veux m'en parler ?

Silence - Moue

— C'est ta grand-mère qui t'embête ?

— Heu... Non... Ce serait plutôt mes parents...

— Ah bon ? Tu t'es fait gronder pour une note ou quelque chose comme ça ?

— Non... C'est ma mère. Elle est nulle ! Elle voit rien et elle comprend rien ! J'en ai marre !

Élisabeth ne savait pas trop quoi en penser. Louise avait l'air vraiment remontée. Ça lui arrivait souvent mais là, il y avait autre chose. Elle semblait déstabilisée, déçue et très en colère.

— Tu veux me parler de quelque chose en particulier ?

— Non, laisse tomber. Ah si, j'ai eu seize en anglais... Toi au moins ça va t'intéresser !

— Great ! Congratulations ! That's a good job !

— Ouais... Heu, j'suis obligée de te répondre en anglais là ? »

Élisabeth se mit à rire et ébouriffa les cheveux de Louise.

« Allez, viens love, on descend. »

Et elles descendirent les escaliers pour rejoindre le salon où les discussions allaient bon train.

Ma sœur me fait penser à un comprimé effervescent. Vous savez, ces pastilles qui dès qu'elles entrent en contact avec un liquide, bouillonnent, pétillent et changent le milieu autour d'elles.

Ma sœur est comme ça.

Quand elle entre dans une pièce, c'est comme si subitement l'ambiance changeait.

Les électrons s'entrechoquent, le temps s'accélère, l'atmosphère se dilate, l'énergie circule plus vite et plus fort. C'est comme si le courant passait de lui-même sur trois cent vingt volts.

Ça me fait cette impression à chaque fois. Quand je la retrouve, je croise d'abord ses immenses yeux verts qui rient, je sens son sourire et le mien qui s'étirent en même temps. Mon pouls s'accélère pour me mettre sur le tempo du sien.

Il y a un lien magique entre nous, depuis l'enfance. Une ficelle invisible qui nous relie, comme un élastique.

Comme si une onde positive me traversait, je me sens plus forte et plus vivante à son contact. Il y a des gens à part, des gens uniques, des personnes solaires. Ma sœur en fait partie.

Depuis plus de vingt ans, elle court le monde pour restaurer des tableaux. Après avoir eu sans aucune difficulté sa licence « préservation des biens culturels » à l'Université Paris I Panthéon Sorbonne, elle a rejoint l'Institut National du Patrimoine pour terminer sa formation de restaurateur conservateur. Diplôme en poche, elle a parcouru les musées, les églises, et sondé à la loupe les tableaux du monde entier pendant deux décennies.

Depuis cinq ans, elle vit à Rome et cette ville lui va comme un gant. Là-bas, tout est démesure. Le décor est si puissant. Je la rejoins de temps en temps pour un week-end ou une semaine. Elle me traîne dans tous les recoins de la ville.

Elle me parle des détails, des techniques de peinture, de ses étudiants, de sa fille à qui elle a donné le goût des voyages, de ses amours qui ne durent pas.

C'était comme un sixième sens, un don qu'elle aurait aimé ne pas avoir, ne pas connaître.

Elle savait d'instinct, en rencontrant quelqu'un, déceler cette petite tristesse cachée derrière le blanc de l'œil qui délavait légèrement l'iris de ceux qui avait perdu un être cher.

Les yeux délavés, c'était sa spécialité. Ça marchait à tous les coups.

Elle ressentait d'emblée cette souffrance contenue, cette cicatrice à peine refermée par le temps qui passe.

« Perdre un être cher ». Elle n'aimait pas cette expression.

On ne perd pas quelqu'un. La vie vous l'arrache, vous le vole à jamais.

Après le choc, viens l'angoisse puis la terreur.

La mort a une main puissante et froide qui serre et qui étrangle le cœur des orphelins.

Comme si elle jouait avec, comme si elle voulait qu'il s'éteigne lui aussi.

Il y a les nuits de cauchemars. On a froid puis chaud. On se débat. On se réveille en sursaut, on saute de son lit, on dévale les escaliers et on cherche papa, maman, celui qui n'est plus là... On crie, on pleure, on appelle. Jusqu'à ce que la cruelle et avide réalité ne s'insinue jusqu'au cerveau.

Alors, l'étincelle de vie se fait toute petite en vous.

Alors, vous vous demandez comment cette terre va bien pouvoir continuer de tourner, avec vous dessus, avec des gens qui rient, des enfants qui jouent, des dîners, des promenades, des terrasses de café, des éviers bouchés et des clefs perdues...

Parce que vous, assis dans votre lit en pleine nuit, vous avez la certitude que votre vie ne serra plus jamais la même et vous prenez brutalement conscience de toute la signification du mot « définitif »...

Comment poursuivre un chemin qui vient de s'arrêter là, sous vos pieds, juste au bord du grand canyon ?

Un jour après l'autre, une nuit après l'autre.

Toujours à l'affût, toujours inquiet du prochain coup que la vie va vous asséner sur la nuque.

Alors vous marchez à reculons, pour bien voir, les yeux rivés sur le passé, la mort qui attaque toujours par-derrière.

Vous êtes épuisé mais vous savez qu'il ne faut pas baisser la garde, jamais.

Vous fuyez les gens heureux, vous fuyez le bonheur parce qu'il ne dure pas.

Vous vous demandez comment vous définir autrement que par le manque qui prend toute la place en vous.

Alors, oui. Elena reconnaissait ses yeux là dès qu'elle les voyait.

Au premier regard, même dans le noir.

Parce qu'ils criaient « ne m'approchez pas » et en même temps « aimez-moi ».

Exactement comme les siens.

Louise attendait Léo devant la salle de « SVT ». Pour les « TP », il y avait deux groupes et les filles étaient séparées. Groupe A, groupe B.

Louise finissait plus tôt.

La sonnerie stridente résonna et le flot d'élèves se déversa dans le couloir à grands bruits, dans la seconde qui suivit. Léo sortit dans les derniers et sourit en ayant la confirmation que sa meilleure amie l'avait attendue.

« Salut, ça va ?

— Ouais, toujours aussi passionnante la prof de SVT, répondit Léo en louchant exagérément.

— C'est clair !

— Oui, si tu veux. Faut juste que je prévienne ma mère. Ou tu veux venir à la maison, toi ?

— Non, je préfère que ce soit toi qui viennes si ça ne t'ennuie pas, je veux être sûre que ma sœur est bien rentrée cette fois-ci...

— Oui, je comprends. Elle va mieux Mathilde maintenant ?

— Je sais pas... Papa a trouvé une psy pour l'aider je crois... Elle est trop bizarre...

— Bizarre comment ?

— Ben tu vois, des fois elle parle toute seule et puis elle dit des trucs incompréhensibles.

— Genre ?

— Elle parle à maman... Ça me fout les jetons, j'te jure ! Elle est flippante ! Enfin, bref... J'en ai trop marre de cette vie pourrie. J'ai trop hâte d'être grande et de me barrer de cette maison !

— Dis pas ça Léo ! Ça va s'arranger, j'en suis sûre !

— Oui ben toi évidemment, avec ta vie parfaite ! Tu peux pas comprendre !

C'est pas sympa Léo ! J'y suis pour rien moi ! Je vois bien que t'es triste mais bon...

— Excuse-moi Louise… J'en ai juste marre de tout, tu n'y es pour rien…

— Puis tu sais, ma vie… Elle est pas si parfaite que ça… »

Elles étaient sorties du collège et attendaient à présent devant l'arrêt de bus.

« Ah bon ? Qu'est-ce qui se passe Louise ? Je croyais que tout allait bien chez toi ? En plus ta mère, elle est super, elle rit tout le temps et elle est toujours d'accord pour tout !

— Ouais… Tu dis ça mais en fait, elle comprend rien ! Elle est vraiment trop nulle ! Je la déteste ! »

Et Louise éclata en sanglots.

Ils avaient tous dîné chez Elena ce soir-là de février. Mathieu et Claire étaient venus sans leurs enfants. Élisabeth était accompagnée de sa sœur Jen et de son beau-frère Mark, venus d'Oxford. Elena avait aussi invité Mary son employée délurée, qui était arrivée en kilt et cheveux rouges.

Ils avaient bien rigolé, l'humour britannique était indiscutablement un régal et il était bien représenté ce soir-là !

Thomas avait observé Elena discrètement. Même si elle ne riait pas beaucoup, elle passait une bonne soirée. Ses yeux semblaient moins tristes, elle était belle.

Les « Anglais » étaient partis les derniers. Mary avait l'air bien éméchée, elle était partie bras dessus bras dessous avec Jen en chantant à tue-tête la Marseillaise ! Un sketch !

Thomas avait proposé à Elena de l'aider à ranger. Elle avait accepté volontiers et une fois le travail terminé, ils s'étaient installés au bar de la cuisine pour boire un dernier café.

Il était plus de deux heures du matin lorsque Thomas regarda sa montre et dit :

« Je vais peut-être y aller... ».

Mais il ne termina pas sa phrase, il se leva et s'approcha lentement d'Elena.

La lumière tamisée de l'appartement lui dessinait des ombres sur le visage.

Il posa sa main droite sur la joue d'Elena et la fit glisser sur sa nuque. Il l'attira contre lui et l'embrassa avec douceur. Elle se serra contre lui, elle sentait son cœur taper dans sa poitrine et le désir s'emparer d'elle.

Ils s'embrassèrent avec fougue, découvrant le goût de l'autre.

Thomas avait terriblement envie d'elle. Il devinait sous son pull ses seins ronds.

Elena lui retira sa chemise et l'embrassa dans le cou avant de le guider jusqu'à sa chambre.

Ils furent bien vite peau contre peau, tendus, essoufflés, leurs doigts emmêlés, accrochés l'un à l'autre avec urgence.

Ils firent l'amour comme deux naufragés qui luttent, ne voulant pas lâcher leur planche de salut.

Claire avait une matinée chargée. Élisabeth lui avait proposé de se retrouver à la librairie d'Elena vers treize heures pour qu'elles déjeunent toutes les trois. Un nouveau petit restaurant s'était ouvert au bout de la rue et c'était l'occasion de se retrouver pour un déjeuner entre filles.

Mais avant de rejoindre ses amies, Claire devait rendre des livres à la médiathèque et passer au pressing récupérer deux costumes de Mathieu. Il était déjà onze heures et elle venait de s'apercevoir qu'elle avait oublié sa carte de pressing. Elle devait donc repasser chez elle.

Arrivée devant la maison, elle gara sa voiture le long du portail.

Elle ouvrit la porte rapidement, chercha dans le vide-poches de l'entrée la carte jaune qu'elle cherchait et prit le temps de passer à la cuisine prendre un verre d'eau. Sur un coin du plan de travail, elle aperçut le portable de Mathieu.

Zut, il l'avait oublié ce matin !

Elle le saisit et s'apprêta à appeler son mari sur-le-champ pour lui confirmer que son portable était resté à la maison.

Mais elle suspendit son geste. Sur l'écran, une dizaine de messages plus explicites les uns que les autres, tous signés « Laura ».

Claire sentit son sang déserter son corps brusquement.

Elle resta le portable à la main, saisie d'effroi, comprenant que son petit monde était en train de basculer.

Laura… Vingt-cinq ans, jeune assistante embauchée il y a six mois, « hyper efficace » selon Mathieu… Évidemment…

Le puzzle se mettait doucement en place dans la tête de Claire. Elle s'expliquait beaucoup plus facilement le comportement distant de Mathieu…

Quinze ans.

Quinze ans de vie commune bousillée, comme ça, en lisant un texto un beau matin.

Quinze ans d'efforts, de fous rires, de souvenirs réduits à néant.

Alors, c'était donc ça.

Ils étaient comme tous les autres. Elle qui croyait que malgré leurs difficultés, ils s'aimaient et se connaissaient sur le bout des doigts.

La tristesse, la honte et la trahison la prirent toutes les trois à la gorge en même temps.

Une sensation de vertige et de nausée la saisit. Des tas de souvenirs, de coups de fil tardifs, de regards fuyants, lui mordirent le cœur. Claire se sentit emplie d'un grand vide.

Elle resta longtemps hébétée, assise dans sa cuisine. Les pensées se bousculaient dans sa tête sans se résoudre à prendre une place logique.

Elle avait rencontré Mathieu à la fin de ses études de design, lors d'une soirée organisée par des amis communs. Ils avaient passé la soirée à discuter et à refaire le monde, comme on le fait à vingt-trois ans, avec idéologie et conviction.

Ils s'étaient revus autour d'un café quelques jours plus tard, au cinéma ensuite. Et très vite, ils n'avaient pu se passer l'un de l'autre.

Mathieu terminait brillamment ses études « d'archi » et Claire finissait son stage de fin d'études chez un décorateur d'intérieur.

Ils s'étaient mariés deux ans plus tard. Et lorsque Louise était née, ils avaient acheté leur maison. Claire avait quitté son boulot. Elle s'était consacrée à sa fille et à décorer la maison à leur goût. Puis il y avait eu Sam quatre ans plus tard et Martin.

Un téléphone sonnait. Claire mit un moment à comprendre que c'était le « fixe » de la maison.

Elle ne voulait pas répondre. Mais la sonnerie se faisait insistante. Lorsque le répondeur s'enclencha, elle entendit la voix d'Elena.

« Claire, es-tu chez toi ? Tu as sans doute oublié notre déjeuner. Il est treize heures quarante-cinq. Tu ne réponds pas sur ton portable. J'espère que tout va bien... ».

Claire saisit le combiné et articula d'une voix atone :

« Salut Elena. Mon portable est resté dans la voiture et... ».

Sa voix s'étrangla et les larmes qui refusaient de sortir jusque-là arrivèrent toutes en même temps.

« Que se passe-t-il Claire ?

— (Sanglots)

— Je suis chez toi dans vingt minutes ! ».

Claire voulait dire à Elena que ce n'était pas la peine que tout allait bien. Mais rien n'allait bien et Elena avait déjà raccroché.

« Mon frère avait un an de moins que moi. On faisait tout ensemble : le rugby, le lycée, les sorties, la musique.

On était comme des jumeaux. Il est mort à dix-sept ans. Il s'est écroulé sur le terrain de rugby. Anévrisme.

Ça a été un choc immense. J'ai mis des mois à sortir la tête hors de l'eau. Et puis je me suis dit que tout ce que j'allais faire, j'allais le faire à fond. Pour lui et pour moi. Il m'accompagne dans tout ce que je fais. Mais je n'ai pas baissé les bras parce que je l'entends d'ici me dire « Qu'est-ce que tu fous ? Vis bon Dieu ! Comme ça, tu auras des choses à me raconter là-haut ! »

Voilà, j'avance. Je sais que si j'avais été à sa place, je n'aurais pas voulu que sa vie s'arrête en même temps que la mienne. Tu vois ?

Voilà, je t'ai expliqué... Maintenant... Ce n'est pas un sujet tabou... Mais j'ai pris la décision il y a longtemps que je ne pouvais pas vivre dans le passé et c'est ce que je fais. »

Sur ce, Thomas attrapa sa tasse de café et sourit.

Elena n'en revenait pas. Comment pouvait-on avoir une force de caractère pareille ? Vivre ce drame à dix-huit ans et ne pas être anéanti ?

« Ça te dit si on va marcher un peu le long du canal ? »

Thomas était déjà dans l'action, en mouvement. Il attrapa Elena par la main et l'entraîna pour l'après-midi au bord du canal du midi.

Épaule contre épaule, ils marchèrent jusqu'au soir, profitant de la douceur de ce mois de mai. Thomas lui racontait le projet sur lequel il travaillait d'arrache-pied avec Mathieu depuis quatre mois.

Réhabilitation de tout un immeuble à proximité de la basilique st Sernin. Les contraintes des bâtiments classés, la galère de faire des travaux en centre ville où l'on ne peut pas stationner, les exigences ubuesques de son client.

Ils s'étaient arrêtés pour prendre un café sur une terrasse

bondée.

Elena se sentait bien. Elle se sentait à sa place. Comme si les pièces d'un puzzle s'emboîtaient. Elle se sentait plus légère, plus gaie, plus vivante.

Cela faisait bien longtemps qu'elle n'avait pas ressenti ça.

À bien y réfléchir, si cela avait déjà été le cas, elle n'en avait aucun souvenir.

Claire s'effondra. Sa vie ressemblait à un tas de ruines. Elle se regarda sans ménagement dans la glace et eu la certitude qu'elle avait raté sa vie. Elle voyait face à elle une femme de trente-huit ans qui n'avait plus rien à voir avec ce qu'elle avait été plus jeune. Une femme alourdie, arrondie par les étapes de la vie, un peu déformée par les grossesses mais surtout par les pièges que lui avait tendus la vie. Comment était-elle devenue cette femme mal fagotée et sans ambition ? Quand s'était-elle perdue ? Comment était-elle devenue à ce point dépendante d'un mari, elle qui rêvait de liberté et de carrière ? Au fond qu'avait-elle choisi ?

Pourquoi s'était-elle laissée engluer dans cette vie, bien rangée, si rangée qu'elle en avait fait fuir son mari ?

Des questions acides tournoyaient dans sa tête. Elle voulait se faire mal et toucher le fond.

Elle prit une grande inspiration et comme à chaque fois qu'elle se sentait mal, se rua dans la cuisine où elle se suicida en règle au Nutella.

Les heures s'égrenèrent : Seize heures les enfants, dix-huit heures le bain des garçons, dix-neuf heures la table, dix-neuf heures quarante-cinq la porte d'entrée s'ouvre sur Mathieu...

« Salut tout le monde ! Louise, j'ai ta clef USB ! On dit quoi ? Merci papa ! »

Il jette son cartable sur le canapé et se dirige vers la cuisine.

« Salut, qu'est-ce qu'on mange Cl... »

Mathieu regarde Claire et son visage défait comme une aquarelle qui a reçu trop d'eau. Et là, en la regardant, en regardant la femme qui partage sa vie depuis quinze ans, il comprend. Il sait qu'elle sait. Il comprend que la réalité l'a rattrapé, plus vite et plus fort que ce qu'il avait imaginé.

Claire lui fait face et il voit dans ses yeux la douleur,

l'insulte qu'elle a reçue, le désarroi, la colère mais surtout il voit qu'il a échoué et qu'il n'a pas été à la hauteur. Il se sent tout petit, misérable, quelconque et soudain, il a peur.

« Tu as oublié ton portable ce matin… Il est là sur la table. »

Il ne répond pas. Elle le défie du regard et il ne parvient pas à la regarder en face. Traître et lâche… Sont les premiers mots qui lui viennent à l'esprit. Claire a envie de lui cracher au visage ce qu'elle sait mais les mots ne sortent pas de sa bouche. Elle sait que lorsque ces mots franchiront ses lèvres tout deviendra réalité et il n'y aura plus de retour en arrière. Alors elle ne dit rien et se contente de le regarder.

L'homme qu'elle aime et qu'elle déteste à en crever.

« Qu'est-ce que vous foutez ? »

Louise les observe depuis l'entrée de la cuisine. Son regard va de l'un à l'autre.

« Papa ? »

Il ne lui répond pas.

Louise a soudain les yeux qui brillent très fort et Claire ne peut pas supporter ça. Comme toutes les mères, elle a mal quand son enfant a mal.

Alors elle s'entend dire :

« Tout va bien, ma Louise. Tu vas chercher tes frères, on passe à table. »

Louise part en courant, on l'entend monter quatre à quatre les escaliers et la porte de sa chambre claque et fait trembler les murs du premier étage.

Claire regarde Mathieu et lui dit d'une voix qu'elle ne se connaît pas, froide et dure comme de la pierre.

« Nous deux, on va devoir parler mais c'est hors de question que les enfants soient mêlés à ça, on est bien d'accord ?

— Claire, je… »

Mathieu esquisse un mouvement vers elle.

« Tais-toi ! Et ne me touche pas ! »
Il la regarde interdit. Elle ne lui a jamais parlé sur ce ton.

Il arrivait encore à Elena, sans aucun signe avant coureur, de sombrer.

Un beau matin ou en pleine nuit, toute l'horreur cristallisée en elle refaisait surface.

Elle sombrait comme un noyé que le courant emporte vers le fond, irrémédiablement, et qui sent l'eau s'infiltrer dans ses poumons, jusqu'au dernier souffle.

Son passé avait rendez-vous avec elle, comme ça, de temps en temps.

Il la giflait alors de toutes ses forces.

Elle se retrouvait à terre, agonisante et prête à rendre les armes.

On sous-estime souvent la puissance du passé.

Elle ne respirait plus, dormait en pointillé, redoutait le fait même d'exister.

Alors elle s'enfermait quelques jours chez elle, trouvait un prétexte et ne parlait à personne.

Elle s'en relevait toujours épuisée, vidée de son énergie et l'esprit paralysé.

Avec toujours cette même question en toile de fond. À quoi ça sert de vivre ?

Le temps ne s'écoule pas toujours de la même façon. Selon les gens, selon ce que l'on vit. Sans doute cette fameuse relativité...

Seize ans pour certains, c'était au siècle dernier.

Pour Elena, c'était hier.

Parce que sa vie s'était arrêtée ce soir-là, il y a seize ans, lorsque Sophia avait décroché son téléphone.

Elena lisait dans sa chambre « le grand Meaulnes ». Son pyjama était mauve et la chemise de nuit de Sophia était bleue.

Comme l'esprit peut être précis par moments.

La plupart du temps, Elena « vivait avec » selon la formule consacrée. Elle survivait plutôt.

Elle était double. Une partie d'elle-même donnait le change, tenait une librairie, souriait, sortait.

Mais sa tête abritait aussi l'enfant qu'elle avait été. Cette partie d'elle-même avait peur des autres, peur de la vie, pleurait souvent et criait parfois à l'injustice.

Peut-être qu'on a tous en nous, cet enfant qui pleure, pour différentes raisons, et qu'on essaie le plus souvent de faire taire.

Elena n'avait pas conservé d'amis du collège ou du lycée. Rapidement, elle n'avait plus pu supporter les regards en biais et l'étiquette qu'on lui avait collée.

Elle s'en était remise tout entière à Sophia.

Mais Sophia était morte à son tour, il y a deux ans. Elena savait bien que sa grand-mère ne serait pas éternelle. Elle s'était si souvent préparée à ce moment.

Mais on n'est jamais prêt à se séparer pour toujours d'une personne que l'on aime.

Sophia… Prononcer son prénom était une douleur en soi. À la fois grand-mère, père et mère, radeau, refuge, racines… La liste était infinie tant Sophia avait compté dans la vie d'Elena.

Elle comptait toujours. À chaque décision, à chaque moment important, Elena pensait à elle. Elle lui parlait parfois à voix haute, toute seule dans son appartement.

Il y avait aussi toutes ces images intactes, paradis perdu.

Des mains aux veines bleues, des yeux d'une douceur infinie, eux aussi délavés, une ouverture d'esprit et une sagesse jamais démentie.

Pour Elena, Sophia avait mis sa propre peine de côté. Elle avait retroussé ses manches pour épauler à chaque instant une petite fille brisée. C'était sa planche de salut, la mission que la vie lui avait confiée.

Un après-midi, alors qu'Elena conseillait un client, le téléphone avait sonné à la librairie.

Elle avait compris immédiatement en entendant la voix.

« C'est Rémi...

— ...

— Elena ?

— ... Oui... C'est arrivé quand ?

— Ce matin probablement. Je l'ai trouvée il y a une heure. Elle ramassait des fleurs dans son jardin... Elle n'a pas souffert, Elena... Elena ? Elena ? Elena ! »

Mais Elena n'était plus là. Elle était bien loin, au-dessus du temps. L'espace ne comptait plus. Elle était partie dans ses souvenirs caresser la joue de Sophia, lui dire une dernière fois « je t'aime » Avant de la laisser partir loin, si loin, rejoindre son père, sa mère... Au ciel, dans les étoiles ou ailleurs. Est-ce que le lieu avait une importance finalement ?

Elle resterait à jamais dans le cœur d'Elena, dans ses yeux, dans ses souvenirs.

Sophia faisait partie d'elle. Une partie d'Elena était morte ce jour-là.

Je raccroche et je ris toute seule.

Un coup de fil de mon fils, de l'autre côté du globe.

Même à vingt-cinq ans, il reste cet enfant joyeux et rieur qui me bouleverse tant.

Il a embarqué son père pour une virée « entre garçons ».

C'est une tradition entre eux depuis qu'il a huit ans je pense. Partir à l'aventure tous les deux.

Il y a eu entre autres les Pyrénées, les Alpes, les Gorges du Tarn et celles du Verdon. Là, c'est plus ambitieux : descendre les rapides du Colorado en rafting, partir à la rencontre des pygargues et des coyotes.

« C'est le rêve de ma vie, tu comprends maman ? »

Tu as raison mon grand, vis tes rêves, entreprends, suis ton inspiration et ton instinct.

Ça fait plus d'un an qu'il organise ce voyage. Je repense aux soirées chez nous.

Les grandes cartes dépliées sur la table du salon, les listes de matériel, les guides cornés à force d'être lus. Le bras de son père autour du cou. « Ça va être cool, papa ! ».

« Je te passe papa. Il est mort ! On a fait trente kilomètres aujourd'hui. Il se traîne, je te jure ! C'est toi que j'aurais dû prendre ! »

Et j'entends des éclats de rire.

« Attends je te le passe, il devient violent, il m'a mis un coup dans les côtes ! »

Pause.

« Je t'aime maman. »

Mon cœur fait un bond, un triple saut et un salto arrière.

Raphaël me parle quelques minutes. J'entends dans sa voix le bonheur d'être avec son fils et de se sentir en communion. Il me parle de la nature autour d'eux, des soleils couchants et du silence.

Le goût de la liberté et de l'aventure, ils ont vraiment ça en commun tous les deux.

Ils reviennent dans trois semaines, j'ai déjà hâte. Il y aura les photos, les histoires qu'on raconte jusqu'à tard, les fous rires, les premières idées pour la prochaine fois.

Il est déjà vingt heures. Il est grand temps que je rentre. J'ai reçu six personnes aujourd'hui.

J'ai fait le protocole des positions de perception avec Catherine.

Ça a bien marché.

Sa supérieure hiérarchique au boulot lui « pourrit la vie ». C'est en ces termes qu'elle m'a raconté son problème. Aujourd'hui, je lui ai proposé de faire un jeu.

Et devant son regard interloqué, j'ai disposé sur le sol deux petits morceaux de papier, l'un face à l'autre à un bon mètre de distance.

Sur le premier, elle lut son prénom. Sur le deuxième, Isabelle... Le prénom de sa supérieure.

« Et si aujourd'hui, juste pour jouer et voir comment c'est, vous vous mettiez à sa place ? Physiquement, j'entends. »

Et je lui ai demandé de se lever.

Catherine est d'abord venue se positionner sur le papier portant son prénom. Ses chaussures couleur caramel couvrant en partir l'écriture au stylo noir.

Je l'ai fait décrire rapidement comment elle se sentait, comment elle vivait le fait que sa supérieure vérifie systématiquement toutes les informations que Catherine lui fournissait, comment elle vivait les remarques à son sens désobligeantes. La colère, l'incapacité à exprimer son désaccord.

Ensuite, ses ballerines ont recouvert le prénom d'Isabelle. Elle a fermé les yeux. Ça a pris du temps pour qu'elle laisse de côté son ressentiment. Ses épaules sont remontées d'un cran, sa voix est devenue plus aiguë, sans qu'elle s'en aperçoive.

Elle a réussi à expliquer la situation du point de vue de sa responsable. Elle a exprimé le stress de gérer une équipe, la pression qu'elle devait elle-même recevoir de sa propre hiérarchie.

Entre chaque étape, je demandais à Catherine de se mettre à côté de moi entre les deux papiers, un peu à l'extérieur, en situation d'observateur. Elle résumait ce qu'elle venait de dire comme si elle n'était pas concernée. Je la faisais parler à la troisième personne pour prendre de la distance.

Et finalement, le fait de passer d'un rôle à l'autre, elle me dit : « Je n'avais jamais envisagé la situation sous cet angle. »

Personne ne fait rien pour nous embêter, chacun répond à une intention positive pour lui-même bien que parfois ardue à cerner, je dois bien l'admettre.

C'est la plupart du temps seulement notre perception de la situation qui nous fait interpréter les phrases, les gestes, les regards.

Deux personnes vivant la même situation n'en retiennent pourtant pas la même chose, ne s'attachent pas aux mêmes détails, n'en tirent pas les mêmes conclusions. C'est logique, chaque personne est unique.

Catherine venait de comprendre que sa responsable hiérarchique n'avait pas forcément une dent contre elle. Prochaine séance, nous travaillerions sur comment dire quelque chose d'important pour nous à quelqu'un, comment dire qu'un comportement nous dérange.

En laissant de côté reproches et agressivité, nous avons plus de chances d'être écouté : CQFD.

Elena regarde Thomas dormir. Elle détaille son visage fin, ses longs cils, sa barbe naissante. Il a l'air d'un enfant quand il dort. Il semble plus jeune abandonné.

Elle sait qu'elle l'aime. Elle devrait être heureuse. Être transportée. Mais elle n'y arrive pas.

Elle sent déjà le serpent froid et visqueux de l'angoisse, là-bas tapi au coin du lit.

Il avance sournoisement, il s'enroule tranquillement autour de sa cheville. Il prend tout son temps. Il fait plusieurs tours pour être sûr de ne pas la lâcher.

Il glisse le long de sa jambe, s'approche inéluctablement.

Le serpent de l'angoisse est toujours le plus fort.

Jusque-là, elle a essayé de le tenir à distance.

Mais il la rattrape toujours.

Il est toujours là à rôder alentour.

Elena entend sa petite voix sifflante lui dire « je suis là ».

Et sans crier gare, alors qu'elle observe Thomas, si paisible, si sûr, si fort, le serpent de l'angoisse lui mord le cœur. Elena sent son cœur qui se fige, qui devient froid et cassant comme du cristal.

Elle se lève, se rhabille et sans réveiller Thomas, Elena se faufile hors de l'appartement.

Elle sait bien que ça ne peut plus durer.

Elle sait bien qu'elle ne peut pas rester à découvert plus longtemps.

Elle est trop vulnérable.

Elle sait bien que ça ne marchera pas.

Le serpent de l'angoisse est toujours le plus fort.

J'attends porte quarante-huit. Mon avion a quinze minutes de retard.

Après avoir siroté mon café, confortablement installée dans un immense fauteuil blanc face à une baie vitrée, j'attends désormais patiemment de pouvoir monter dans l'avion.

Nous sommes le quatre août, j'ai fermé mon cabinet pour quinze jours.

Je pars rejoindre ma fille à Londres pendant que mon mari et mon fils jouent les apaches dans l'Ouest américain.

Ça y est, je suis installée côté hublot, vue imprenable sur les nuages. Blagnac n'est plus qu'un lointain souvenir, je suis déjà tournée toute entière vers ma destination et vers ma fille.

Ma petite puce est devenue cette belle jeune femme de vingt-six ans dynamique et déterminée. Je revois son petit visage espiègle et le sourire édenté qu'elle avait à huit ans. C'est plus fort que moi, je ne peux pas m'en empêcher. J'ai le cœur en bandoulière chaque fois que je suis sur le point de la retrouver.

Elle m'attend à Stratford sur les grandes marches qui mènent à Westfield, c'est notre point de rendez-vous.

Je l'aperçois. Elle se tient là-bas, portable à la main, sa queue-de-cheval blonde balayée par le vent qui ne tient pas en place.

Elle me voit et s'agite dans tous les sens. Elle colle son nez dans mon cou, je la couvre de baisers. Tu m'as manqué maman. Toi aussi ma bichette.

Et elle se lance. Elle me raconte Cloé, la nouvelle rédactrice en chef du magazine pour lequel elle travaille avec qui elle est devenue amie, les deux places qu'elle a prises pour aller voir la comédie musicale « The Lion King » au théâtre de Covent Garden, l'expo de Giacometti à la Modern Tate où elle veut absolument m'amener.

Elle me raconte Romain, son amoureux français qui l'a suivie à Londres parce que son cœur était inquiet de la laisser partir trop loin de lui.

C'est un moulin à paroles. J'adore ça ! Je reconnais les gènes de ma sœur dans les siens. Le même tempo. La même énergie solaire. Le même choc des protons autour d'elle.

Ça va être une semaine formidable ! On arrive chez elle dans Portobello.

Les maisons colorées, la douceur de vivre, on se croirait presque plus à Rome qu'à Londres ici.

Les références à ma sœur sont décidément partout.

Elle a de la chance d'habiter là. À son arrivée à Londres, elle a loué une chambre dans cette maison bleue proche de Ladbroke Square Garden. Linda Sheperd cherchait de la compagnie pour sa fille unique Rebecca. Les filles s'étaient prises d'affection l'une pour l'autre et lorsque Linda avait décidé de passer six mois chez sa sœur en Australie, elle leur avait naturellement confié sa maison. Les six mois s'étaient transformés en douze et finalement, Linda venait assez peu souvent à Londres.

Désormais, ma fille partage la maison avec Rebecca et avec Romain.

« M'man, je pose tes affaires dans la chambre bleue, tu prépares le thé ? »

Mes orteils plongés dans l'épaisse moquette grise, comme seuls les Anglais savent en faire, j'attends que la bouilloire siffle.

On s'installe côte à côte dans le canapé, ma fille replie ses jambes et souffle sur son thé.

Je sens qu'il y a quelque chose qui la tracasse, qui l'encombre, qui la chiffonne comme du papier froissé. Bien sûr, j'attends. Et ça finit par sortir.

« M'man, je sais plus trop où j'en suis avec Romain. Je ne sais pas… La vie à deux ce n'est peut-être pas mon truc finalement. Je suis trop indépendante. Je n'aime pas savoir que quelqu'un m'attend... Enfin, tu vois... Pas tout le temps, quoi. Je n'aime pas appeler pour dire à quelle heure je rentre, ce que je fais, je sais qu'il s'intéresse mais il m'étouffe, je t'assure... »

Je la regarde. Je lui souris.

« M'man... Ne me regarde pas comme ça... Dis-moi quelque chose.

— Que veux-tu que je te dise, ma chérie ? Tu ne veux pas plutôt me dire ce qui te tracasse vraiment ? »

Elle me fixe et me dit en riant à moitié.

« Oui, c'est vrai... J'oubliais ! Avec toi, pas besoin de préliminaires ! »

Elle fait une pause.

« Il veut m'épouser... Merde, maman ! Je ne m'y attendais pas je te jure ! En plus, je n'ai pas réfléchi à ça ! Je suis à fond dans le boulot et je ne suis pas prête à avoir des enfants ! Merde !

— Ma grande... Il t'a demandé de l'épouser ou il t'a demandé d'avoir des enfants ?

— Non mais, tu me vois dans une robe meringue et un an après avec un bébé ! Ce n'est pas le moment ! Ce n'est pas mon truc !

— Ma chérie, ce n'est pas le moment ou ce n'est pas ton truc ? Parce que ce n'est pas tout à fait pareil...

— Oh je t'en prie maman ! Ne fais pas ta psy ! Je sais plus où j'en suis. J'ai hyper mal réagi avec Romain, il m'en veut à mort et il ne me répond plus au téléphone. Tu ne veux pas juste m'écouter, me dire « c'est vrai, il exagère quand même ! » ou « ce n'est pas le moment, tu as raison ! » et t'énerver avec moi ? J'en ai trop besoin, là ! Après, promis, tu fais ta psy et tu m'aides à voir la situation sous un autre angle. Mais là, pas tout de suite. J'ai juste besoin de pleurnicher un peu ! »

Je ris franchement et je lui dis :
« OK ma grande, je me morfonds inutilement avec toi ! »
Je lui tends les bras et elle se réfugie contre moi.
Mon cœur fait un bond, un triple saut et un salto arrière.

Thomas, en colère, lui cracha à la figure :

« Tu gâches tout ! Tu sais quoi ? Tu es invivable ! Tu as décidé que la vie était triste, que tout le monde meurt et que pour te préserver tu ne dois aimer personne ! Tu as tort Elena ! Tu m'entends ? », hurla-t-il en frappant de son poing sur le comptoir de la librairie, « tu as tort ! Avant de mourir, les gens vivent ! Vis, bon sang ! »

Elena lisait dans ses yeux la colère et la peine mêlées qui rendaient ses iris bleus plus foncés qu'à l'ordinaire. Il était en colère. Triste et en colère contre elle.

« C'est comme ça, Thomas, je suis comme ça...

– C'est faux et tu le sais très bien ! Tu sais quoi, Elena ? Tu as lu tout un tas de bouquins mais tu ne connais rien de la vie ! Tu t'enfermes dans ton chagrin parce que c'est confortable ! Relis Gounelle attentivement. Nos croyances déterminent nos vies, ça te dit vaguement quelque chose ? Tu as décidé que la vie était un drame permanent. Décide le contraire, bon sang ! Tu as le bonheur là, devant toi, et tu lui tournes le dos ? »

Sa question n'attendait pas de réponse et un silence s'installa, glacial, entre eux.

Ils se défiaient du regard, lui, désespéré par sa décision de rompre et elle, accablée par tout ce qu'il venait de lui dire.

Thomas reprit, la voix étranglée par le chagrin :

« Je t'aime, Elena. Je n'ai pas l'intention de t'abandonner... »

Silence.

« Mais je ne peux pas te promettre que je ne mourrai pas... »

Elena le fixait, les yeux brillants de larmes, la gorge serrée par toute cette souffrance qu'elle leur infligeait à tous les deux. Elle n'arrivait pas à émettre un son.

Elle voulait crier qu'elle aussi elle l'aimait, depuis le

premier jour, qu'elle voulait qu'il la prenne dans ses bras et que pour une fois quelqu'un soit là pour veiller sur elle.

Mais rien ne sortit de sa bouche, pas un son.

Thomas prit cela pour un rejet, une preuve de sa détermination, un manque d'amour.

Il se dit qu'il n'y avait plus rien à faire. Il venait de perdre la femme qu'il aimait.

Il se détourna d'elle, laissa courir sa main large sur le comptoir qui les séparait toujours et se dirigea vers la porte.

Elena le suivait des yeux, paralysée par l'angoisse et les émotions enchevêtrées dans sa tête.

Lorsque sa main atteignit la poignée de la porte vitrée, Thomas se retourna et lui dit tristement :

« Tu sais, Elena, le roman de Gounelle... Le titre, c'est « l'homme qui voulait être heureux » toi, tu ne VEUX pas être heureuse. »

Et il sortit dans la nuit noire. Le carillon de l'entrée sonna comme un glas sur le cœur d'Elena.

Comme un automate, elle éteignit les lumières, attrapa son sac sur le fauteuil de son bureau, prit son trousseau de clefs et sortit à son tour de la librairie en fermant à double tour.

Elle resta longtemps seule au milieu de la rue déserte, anesthésiée par tout ce qu'il venait de lui dire.

Elle monta une à une les marches de l'escalier qui menait chez elle.

En arrivant, elle ouvrit en grand la fenêtre du salon et s'assit en boule par terre dos au canapé.

Elle observa les lumières de la ville et s'accorda le droit de se laisser aller.

Les larmes montèrent doucement puis de gros sanglots la secouèrent violemment.

Elena pleurait des larmes anciennes et des larmes nouvelles.

Elle pleurait l'homme qu'elle avait fait partir avant qu'il ne parte.

Pour rester maîtresse de sa douleur et ne pas être prise par surprise.

Elle repensa à ses parents, à la voiture déchiquetée, à tante Diane qui n'avait pas voulu s'encombrer d'elle, à Sophia qui la consolait quand elle rentrait du collège et qu'elle se sentait si différente, aux mains noueuses de celle-ci qui tapotaient ses joues et essuyaient ses larmes.

Mais Sophia n'était plus là pour la consoler, ni ses parents. Il n'y avait personne.

Elle était seule.

Mais quelque part au fond de sa tête, une petite voix lui dit que c'était elle qui l'avait choisi...

Claire était assise à la table de la cuisine, une tasse de café fumant devant elle. Elle avait le visage grave et le calme trompeur qui précède les tempêtes. Mathieu l'observait en silence, rongé par la peur et la culpabilité de celui qui a agi sans réfléchir aux conséquences.

Claire s'aperçut de sa présence et le fixa avec un mépris qui l'atteint en plein cœur. Une torpille, un SCUD direct dans la poitrine. Il sentit quelque chose se briser en lui.

Elle lui fit signe de s'asseoir. Il prit une chaise face à elle et voulu lui prendre la main, mais elle la retira aussitôt d'un geste vif.

« Mathieu, je crois que cela ne sert à rien de faire semblant... Toi et moi... On sait ce qui se passe... Je n'ai pas envie d'aborder le sujet pour le moment... Je... Comment dire... Je crois qu'il est plus sage que je parte quelques jours... » Commença Claire la voix assurée et froide.

« Mais ce n'est pas à toi de partir voyons, Claire...

– NE ME PARLE PAS COMME SI J'ÉTAIS LA DERNIÈRE DES CONNES ! C'EST COMPRIS ! Explosa Claire.

– Ne me dis plus jamais ce que je dois faire ou penser ! De quel droit... Comment oses-tu ! NE ME TOUCHE PAS ! », hurla-t-elle.

Mathieu la regardait. Son visage avait vieilli, ses yeux étaient rouges du manque de sommeil, cernés de noir. Il connaissait ce visage par cœur et il pouvait y lire toute la souffrance qu'il avait causée. Il l'aimait. Pourquoi avait il fait ça ? Pourquoi avait-il été assez stupide pour tomber dans les filets d'une gamine, pour une histoire sans lendemain ? Un cliché de la quarantaine. Il se sentait misérable.

« Pardonne-moi Claire... », réussit-il à articuler.

Elle le défia du regard et ne prononça pas un mot. Après quelques minutes, Claire reprit d'une voix blanche :

« Je pars demain pour Oxford avec Élisabeth. Ma mère

prend les enfants jusqu'au vingt-deux juillet. Si tu veux les voir, tu t'entends avec elle. »

Elle se leva et se dirigea vers l'escalier qui menait au premier.

« Attends Claire... Claire... Non... Je... Il faut que je t'explique... Attends... CLAIRE ! CLAIRE ! »

Mais Claire ne se donna pas la peine de répondre. Il entendit simplement la porte de leur chambre claquer puis le silence.

Il croisa les bras sur la table et posa sa tête dessus. Il ne maîtrisait plus rien, il sentait les larmes rouler sur ses joues. Il pensa à Louise, à Sam et à Martin. Les larmes roulèrent de plus belle.

Il avait tout gâché.

Thomas décida d'accepter la proposition. C'était pour quelques mois, il adorait la côte basque et cette opportunité de chantier à Biarritz tombait à pic.

En une semaine, il organisa son départ. Il remit ses clefs à Mathieu pour que ce dernier s'installe chez lui en son absence. Ça ne s'améliorait pas vraiment avec Claire et Mathieu, comme Thomas, devait prendre le large. Heureusement qu'ils étaient plus doués pour l'architecture que pour les histoires d'amour sinon leur boîte aurait coulée depuis longtemps !

Le jour de son départ, Thomas s'accorda le temps de boire un café en terrasse en lisant les nouvelles du jour. Il avait quelques heures devant lui.

En observant les gens passer dans la rue, il repensait à Elena. À tout ce gâchis. Il ne comprenait toujours pas pourquoi elle avait décidé de rompre.

Ils avaient passé de si bons moments ensemble. Des balades, des discussions interminables autour d'un café qu'elle prenait toujours allongé.

Et ses yeux... Ses yeux gris-vert ourlés de tristesse, troublant de douceur et de blessures cachées. Il aurait tellement aimé voir rire ses yeux là.

Mais quand Elena riait, ce n'était jamais franchement. Elle ne s'abandonnait pas. Elle souriait simplement. Comme si quelque chose la retenait. Comme si elle n'avait pas vraiment le droit.

Le droit de rire, le droit d'être heureuse, le droit d'aimer...

Tant de souffrance contenue, tant de larmes ravalées. Ça lui faisait mal parfois, rien qu'en la regardant. Il était fou amoureux.

Il n'y avait pas d'autre mot pour ça.

Il avait décidé de partir quand même, pour lui laisser de l'air, pour lui laisser le temps.

Peut-être que ce n'était pas complètement perdu. Enfin,

c'est ce à quoi il se raccrochait.

Parce qu'il lui semblait savoir lire entre les lignes, lire entre les cils.

Non, décidément, il ne pouvait pas partir pour Biarritz sans dire au revoir à Elena.

Il fallait qu'elle sache qu'il partait quelque temps.

Lui dire qu'ils avaient le temps, que rien ne pressait.

Thomas sauta dans un taxi et donna l'adresse de la librairie.

En arrivant, il demanda au chauffeur de l'attendre vingt minutes. Il monta quatre à quatre les marches qui montaient à l'appartement d'Elena. Arrivé devant la porte, il tenta de retrouver sa respiration et tendit une oreille. Il y avait du bruit. Elena était chez elle.

Les mains moites et le cœur battant, Thomas se creusait la tête pour savoir quoi lui dire.

Ils ne s'étaient pas revus depuis cette fameuse soirée à la librairie.

Il mourrait d'envie de lui dire « viens avec moi... ».

Il prit son courage à deux mains et sonna en se disant « on verra bien » !

Alors qu'un sourire commençait à se dessiner sur ses lèvres, la porte s'ouvrit sur... Un homme torse nu, en jean, pieds nus et mal rasé qui lui dit :

« Oui ? C'est pourquoi ?

Ce fut comme si on avait jeté à Thomas un seau d'eau glacée en plein visage.

Il réussit quand même à articuler :

« Elena n'est pas là ?

— Elle est partie nous chercher des croissants, elle ne va pas tarder à revenir. Y a un problème avec la librairie, Vous êtes un client, c'est ça ?

— Oui ! Enfin, non ! En quelque sorte... Un ami. Je pars de Toulouse pour quelque temps. Je passais lui dire au revoir.

Mais je suis très pressé. Dites lui juste que Thomas est passé, OK ? »

« OK. Je lui dirai. Salut ! » termina Luc en fermant la porte.

« Au revoir... » murmura Thomas d'une voix blanche, la mort dans l'âme.

Il avait bien compris que cet hurluberlu à moitié nu était Luc. Elena lui avait raconté leur histoire. Une histoire à distance, sans grand intérêt et soi-disant terminée !

Quel con ! Mais quel con ! Thomas ne décolérait pas. Comment avait-il pu être aussi stupide, aussi aveugle !

C'était parce que Luc avait refait surface qu'Elena avait brusquement changée de comportement et qu'elle avait décidé de rompre ! Pas parce qu'elle avait besoin de temps ! Comment avait-il pu se tromper à ce point-là ? Ce crétin n'avait même jamais entendu parler de lui !

Il s'était trompé sur toute la ligne. Il se retrouva dans le taxi et dit « à l'aéroport, s'il vous plaît ».

Le chauffeur pensant engager la conversation lui dit « eh ben ! Elle était drôlement courte votre course, vous aviez dit vingt... »

« JE VOUS AI DEMANDE QUELQUE CHOSE ?! » le coupa Thomas sur un ton menaçant qui ne souffrait aucune réplique.

Manuel Rodriguez prit la direction de Blagnac et se dit qu'il en avait plus que marre de ces clients grincheux, jamais aimables qui le prenaient de haut et lui criaient dans les oreilles. Il n'avait plus que trois mois à tirer. Ensuite il prendrait sa retraite. Il déménagerait plus au sud avec Paulette et il passerait son temps à la pêche. Allez, plus que trois mois ! Il pouvait bien supporter un ou deux abrutis d'ici là...

Je viens de passer deux petites heures sur un transat rayé vert et blanc sur la pelouse de st James Park à contempler les saules pleureurs qui baignent leurs branches dans l'eau et à observer les passants.

Une petite pluie fine arrivée de nulle part m'a chassée vers un coffee-shop à deux pas de la National Gallery et après avoir siroté une tasse d'« Earl Grey », je suis passée dire bonjour aux tournesols.

C'est mon petit rituel quand je suis de passage à Londres. Je prends un moment devant les toiles de Van Gogh. Je vais rarement voir le reste. Je zappe les Degas, les Monet et je m'assois directement sur le banc en bois, pourtant très inconfortable face aux tournesols. Je dis les tournesols mais mon tableau préféré, c'est celui avec les meules et les cyprès.

J'aime ce petit rendez-vous. Comme si je passais dire bonjour à un ami de longue date. Je reste dix, vingt, trente minutes selon mon envie.

Je me connecte. J'en profite pour laisser les couleurs caresser mes yeux et imprégner mon esprit. Mes idées se clarifient, s'ordonnent, s'apaisent lorsque mon regard glisse sur les cyprès, les nuages rebondis, les meules de foin rieuses.

Je pense à mes patients. Je leur propose souvent d'imaginer un endroit refuge. Ils me le décrivent, ils me le racontent ce lieu dans lequel ils se sentent à l'abri, dans un cocon.

Il peut être imaginaire ou il peut réellement exister.

Quand on l'a suffisamment en tête, on peut venir s'y réfugier à chaque fois que l'on en éprouve le besoin. Il n'y a qu'à fermer les yeux pour s'y retrouver et se sentir bien. Il est à disposition dans notre esprit.

Parfois, c'est une maison, un jardin, un grenier, un paysage, une pièce.

Pour moi, c'est ici à Londres, devant les tournesols, à la National Gallery.

Claire découvrait cette parcelle de liberté en elle, drôle de sensation.

Cette prise de conscience que la vie pouvait avoir un goût différent, un peu de piment. Là au creux de son ventre, une poussée d'adrénaline. Et si c'était possible ? De tout changer, de vivre autrement, ailleurs, d'être quelqu'un d'autre… Ou juste d'être soi.

Être soi pour de vrai, comme on osait rarement l'être. Être soi ou une face cachée de soi, celle qu'on laisse de côté pour entrer dans le cadre.

Ces semaines de réflexion et de pause dans sa vie, lui faisaient un bien fou. Cela faisait des années qu'elle n'avait pas pris le temps de se poser les bonnes questions. Comme qu'est ce qui est important pour moi dans la vie ? Qu'est ce qui me procure de la joie, de la sérénité ? Quelles sont les petites choses qui me font du bien ? Quel est le sens de ma vie ou quel est celui que je voudrais lui donner ?

Parce qu'elle s'était laissée emporter comme beaucoup par le flot de l'existence, par l'anesthésie de la vie moderne, elle avait perdu de vue qui elle était, ce qu'elle aimait et quelles étaient ses priorités. Elle comprenait tout à coup au fil de ses lectures qu'il y avait probablement au moins deux façons de vivre sa vie. En la subissant ou en la prenant à bras-le-corps. C'était sans doute plus simple de se laisser glisser dans la certitude que nous n'avons pas vraiment le choix.

Bien à l'abri, cachée derrière son sentiment de responsabilité, Claire s'était laissé abuser par elle-même. Elle avait fini par croire à ce dont la vie d'aujourd'hui nous abreuve, bien emballé dans du papier marketing.

Elle avait noté dans son petit cahier bleu, dans lequel elle s'efforçait de prendre des notes régulièrement, une citation de Goethe qu'elle aimait et qu'elle relisait souvent.

« Les choses qui importent le plus ne devraient jamais

être à la merci de celles qui importent le moins. »

Pourquoi dépenser autant d'énergie pour des choses qui n'étaient que secondaires finalement. Depuis quand n'avait-elle pas pris une journée avec sa fille ? Depuis quand n'avait-elle pas parlé avec elle ? Qu'est-ce qu'elle connaissait vraiment de la vie d'adolescente de Louise ? Elle comprenait qu'elle passait son temps à planifier, organiser la vie de famille, faire les courses, les papiers... Les journées filaient, les unes après les autres... Les devoirs, les repas, les goûters d'anniversaires, les listes de choses à faire que l'on remet à plus tard, les voyages que l'on ne fait jamais, les promesses que l'on ne tient pas...

Elle voulait comprendre, maintenant que la colère avait déserté les lieux, comment ils en étaient arrivés là avec Mathieu. Pourquoi ils étaient devenus exactement ce qui leur faisait horreur quand ils avaient vingt ans et comment elle pouvait changer ça.

Elle avait réalisé que même si elle n'avait pas choisi la situation dans laquelle elle se trouvait, elle avait aujourd'hui la responsabilité et la possibilité de choisir quel tournant donner à sa vie. Elle avait le choix : rester à ruminer sa rancœur et son aigreur en maudissant Mathieu ou aller de l'avant.

Selon le bon vieil adage « Nous ne sommes pas responsables de ce que la vie nous apporte, mais nous sommes responsables de ce que nous en faisons ».

Elle avait assez pleurniché sur son sort. Claire était une femme d'action.

Elle prit son téléphone et son carnet d'adresses pour appeler tous ses contacts. Son diplôme de décoratrice d'intérieur était un peu poussiéreux certes, mais à défaut d'avoir longtemps exercé son métier, elle avait toujours su entretenir son réseau. Elle verrait bien où ça l'amènerait. Une chose après l'autre.

« Ça te va si j'arrive le dix ? Alice sera à Rome du trente et un octobre au huit novembre. Moi, je finis le neuf et je peux prendre un vol pour Toulouse le dix. Ça t'irait ?

– Oui, c'est parfait ! Alice ne vient pas ?

– Non, pas cette fois-ci. Elle a d'autres projets et comme elle vient déjà passer dix jours à Rome, il faut bien que ta nièce retourne bosser !

– Ok, c'est super que tu viennes ! Je vais m'organiser pour alléger mon emploi du temps et être dispo… »

Je ne finis pas ma phrase.

Ma sœur me hurle dans les oreilles « Ma che fai ! Stupido ! ! Che faiiiii ! ».

Je l'imagine au volant de son bolide cabossé et rouge, vociférer après les automobilistes devant elle. C'est une vraie romaine. Crier au volant est un de ses sports favoris.

« Stupido ! ! Cretino ! ! ! »

Je ris de l'imaginer gesticuler dans sa voiture, portable collé à l'oreille, klaxonnant dans les bouchons. Quand je vous dis que Rome lui va comme un gant, c'est une réalité !

Ça bouge, ça crie, ça parle fort, ça gesticule, ça rit à gorge déployée, ça rayonne, ça s'énerve, la vie circule et s'exprime haut et fort.

Je ne verrai pas ma sœur vivre en Suisse ou en Autriche. Les univers bien rangés, bien alignés, silencieux et ordonnés, c'est incompatible avec l'énergie qui bouillonne en elle.

Ce serait comme mettre un oiseau de paradis au milieu des manchots sur la banquise.

Ma sœur est un tourbillon, il faut que ça bouge.

Elle est définitivement à sa place dans cette ville à la beauté exubérante. Je suis tellement contente qu'elle vienne passer quelques jours chez nous !

On ne s'est vu qu'une seule fois depuis avril dernier, elle me manque même si on s'appelle très souvent.

L'avoir à mes côtés, c'est comme m'injecter dans les veines du bonheur à l'état pur. J'imagine le bonheur comme de l'or liquide, doré, brillant et paisible.

Une matière hors norme qui peut changer de structure.

Pour moi, le bonheur est doré.

Pour moi, le bonheur est lumière.

Il m'arrive à certains moments, d'éclairer mes souvenirs, mes images intérieures, mon dialogue interne avec cette lumière dorée. Ça rend immédiatement les choses plus belles, plus enthousiasmantes et plus gaies.

Comme les rayons du soleil qui filtrent dans une pièce, « mettre mentalement de la lumière dorée dans tout » m'aide à voir les choses du bon côté. Pour moi, c'est ça le bonheur, une clef dorée qui ouvre toutes les portes, un sac de paillettes couleur or que je peux jeter à poignées sur tout ce qui ne brille pas assez.

Le bonheur c'est un état d'esprit. Des lunettes que je pose sur mon nez pour voir la vie en doré.

Quand une situation ne me plaît pas ou me rend triste, je mets mes lunettes dorées et tout s'éclaire.

Les lunettes de ma sœur doivent être rouges. Rouge baiser, rouge amour, rouge passion, rouge comme un cœur qui palpite.

Elle, elle est née avec. Lunettes intégrées. Moi, j'ai mis des années à fabriquer mes lunettes dorées.

Ma sœur a toujours eu une longueur d'avance. Elle m'a très souvent servie d'exemple, elle m'a beaucoup inspirée.

Elena n'a pas de nouvelles de Thomas depuis presque deux mois. Elle sait par Claire qu'il est parti à Biarritz pour un chantier de plusieurs mois.

Elle a eu souvent envie de l'appeler mais à chaque fois son geste reste en suspens. Qu'est-ce qu'elle pourrait bien lui dire ?

Qu'elle ne veut plus aimer ? Qu'elle est terrorisée à l'idée de le laisser entrer dans sa vie ? Il l'a compris tout seul. Thomas n'a pas besoin d'explications. Il veut juste vivre à fond et faire des projets.

Et ça, Elena ne s'en sent pas capable.

Élisabeth a déposé une carte là-bas sur la console, la dernière fois qu'elle est venue dîner à l'appartement.

Une petite carte blanche qui brille un peu avec un arbre dont les feuilles colorées s'envolent, dessiné dessus.

Il y a aussi un nom et un numéro de téléphone écrits en bleu.

Élisabeth a juste murmuré en la déposant là. « Prends soin de toi Elena. Parfois, un peu d'aide est la bienvenue. »

Cette petite carte est restée là bien tranquille, bien sage plusieurs jours.

Mais cette petite carte anodine doit être magique, elle agit comme un aimant. Elena ne veut pas penser à elle mais chaque fois qu'elle entre chez elle, qu'elle s'assoit dans son canapé, qu'elle sort de sa cuisine, la petite carte la happe et lui dit « regarde moi ».

Elle a téléphoné un dimanche, juste après le coup de fil de Luc.

« Salut Elena, ça va ? »

Elena ne sait pas pourquoi il pose la question puisqu'il n'attend jamais la réponse.

« Je crois que j'ai oublié un truc chez toi... Mon harmonica... Ça ne t'ennuierait pas de vérifier ? S'il y est, il doit être dans le tiroir de ton dressing, celui du milieu.

Je me souviens que j'étais en train de penser à le prendre quand j'ai été dérangé par ce type qui est venu sonner.

— Mais de quoi tu parles, Luc ?

— Je ne sais pas moi. Ce gars qui est venu sonner. J'ai dû te le dire...

— Ben non, tu ne m'en as pas parlé, c'était qui ?

— Je ne sais plus moi ! Un mec grand, brun. Un client je crois.

— Qu'est-ce qu'il t'a dit ? Il t'a laissé un message ?

— Oh la la ! Je ne sais plus moi ! C'était il y a au moins deux mois ! J'ai oublié ! Ah non... Attends ! Il a dit qu'il partait à Bordeaux... Ou peut-être Biarritz... Il a dit qu'il voulait te dire au revoir avant de partir, un truc du style... Tu vois, rien d'important ! »

Le cœur d'Elena s'était emballé quand elle avait compris que Thomas était passé à l'appartement et était tombé sur Luc, venu enfin débarrasser ses affaires.

Elle se sentait engloutie par un sentiment de vide et de gâchis. Malgré leur rupture, Thomas était venu avant de partir. Pour lui dire quoi ?

Elle ne saurait jamais. Elle n'avait pas le courage de lui téléphoner.

Mais c'est ce jour-là qu'elle avait saisi la carte qui la narguait là-bas sur la console. C'était un dimanche mais elle avait appelé quand même, par peur de ne pas en être encore capable le lendemain matin.

La dame avait rappelé. Elle avait rendez-vous le jeudi en quinze.

Elena avait saisi la perche, fatiguée d'avoir la tête sous l'eau et de vivre en apnée depuis si longtemps.

J'ai cinquante-trois ans. J'ai ouvert mon cabinet il a quinze ans.

Je suis mariée à un merveilleux courant d'air. Mes enfants sont grands et tracent leur chemin, épanouis.

J'aime ma vie. J'aime être là, à ma place. J'ai beaucoup de chance, je me sens utile.

Je me vois comme un outil. Certaines personnes viennent me chercher pour réparer quelque chose qui s'est cassé chez elles.

Rien n'est jamais irréparable. Même si à force d'expérience, j'ai appris à éviter les « jamais » et les « toujours ».

Nous sommes en perpétuelle évolution, en changement constant.

Les « jamais » et les « toujours » n'existent pas.

L'être humain est fabuleux. Je constate jour après jour ses capacités d'acceptation, de résilience et d'évolution.

Nous avons des ressources immenses, des trésors de solutions en nous.

Si on les cherche au bon endroit, on les trouve. J'assiste régulièrement à ces découvertes, au premier rang.

J'aime ça. Voir quelqu'un changer de perspective, évoluer, trouver sa solution.

J'ai rendez-vous dans dix minutes avec Elena. Je la suis depuis quelque temps. Elle avance à grands pas.

Le travail qu'elle a entrepris et dans lequel je l'accompagne est parti d'un postulat simple : elle souffrait beaucoup et tout le temps. Elle voulait arrêter de souffrir.

Alors que des années durant, elle avait coulé à pic, un beau jour elle avait senti le sol sous ses pieds et elle avait su dans un éclair de lucidité qu'elle avait deux choix : se noyer ou apprendre à nager.

Elle avait pris rendez-vous. Elle avait compris au cours des séances que continuer à maudire les circonstances ne l'aiderait pas et qu'aller mieux relevait de la décision. Pour guérir, même un tout petit peu, il faut l'avoir soi-même décidé. Personne ne peut le faire à votre place.

Se prendre en charge est un cadeau à se faire.

Elena avait choisi d'enclencher un processus de deuil. Celui de la personne malheureuse qu'elle s'était habituée à être.

Au fil des séances, Elena panse ses plaies, remplit ses manques, trouve comment agir et réagir différemment.

Elle quitte petit à petit son statut de « victime de la vie » pesant, oppressant et à la fois tellement confortable.

C'est un paradoxe récurrent. La souffrance est difficile à quitter car on s'est habituée à elle.

Comme une partie de soi, une couverture dans laquelle on se blottit.

Décider d'aller mieux pour Elena, c'était regarder en face qu'elle avait peur d'aller bien.

Parce qu'elle ne savait pas comment, parce qu'elle ne se sentait pas le droit, parce qu'elle ne voulait pas abandonner les souvenirs…

J'ouvrais en grand la fenêtre de mon bureau pour respirer un peu d'air frais et j'allais chercher mes notes pour les relire avant de la faire entrer.

Elena regarde en l'air, cherche au plafond, inspire un grand coup et se lance.

« Je n'y arrive plus. C'est trop dur...

— Vous pouvez m'en dire plus ? Vous n'y arrivez plus...

— Oui, c'est ça, je n'y arrive plus. Je n'arrive plus à faire semblant. Ma vie me pèse, m'étouffe. Ça ne sert à rien...

— Vous me dites que vous n'arrivez plus à faire semblant, semblant de quoi exactement ?

— Et bien, semblant d'être gaie, d'être normale...

— Comment c'est « être normale » pour vous...

— Être normale, c'est être comme tout le monde. Et moi je ne me sens pas comme tout le monde.

— En quoi, est-ce que vous ne vous sentez pas comme tout le monde ?

— Je me sens... Je me sens... »

Je vois les larmes qui perlent, noyant les yeux si beaux et si clairs d'Elena.

« Je me sens triste... Terriblement triste et... Terriblement... Terriblement... »

Elle enfouit sa tête entre ses mains, ses épaules s'agitent, secouées par des sanglots. J'attends qu'elle relève la tête, je lui souris et lui tends une boîte de mouchoirs.

En s'épongeant les yeux, elle reprend.

« Je me sens terriblement inutile... Je crois...

— Vous vous sentez inutile... En quoi vous sentez-vous inutile ?

— Et bien... Vous voyez... Personne ne m'attend le soir quand je rentre chez moi. Il m'arrive de penser que si je tombais dans les escaliers, on ne me retrouverait que le lendemain matin... Et encore... Si le lendemain est un jour d'ouverture de la librairie... »

Longue pause. Je la laisse réfléchir.

« Il n'y a personne qui m'attend. Ils sont tous morts. »

Les iris verts d'Elena me fixent, étonnamment secs soudain.

« Vous me dites qu'ils sont tous morts...

— Oui ma mère, mon père, ma grand-mère... Tous les gens que j'aime... Oui, c'est ça, tous les gens que j'aime sont morts.

— Est-ce qu'il y a des gens que vous aimez qui sont en vie ? »

Elena a un mouvement de surprise. Elle me regarde avec l'air de dire « qu'est-ce que c'est que cette question ! ». Mais je soutiens son regard avec bienveillance et j'attends qu'elle continue. Elle sait que je suis là pour l'aider.

« Je... Je ne sais pas...

— Pouvez-vous me donner au moins trois noms de personnes que vous aimez et qui sont en vie ?

— Et bien... Oui... Il y a mon amie Élisabeth... Il y a Claire aussi... J'aime beaucoup Louise, la fille de Claire... Elle vient faire ses devoirs avec moi à la librairie parfois... Il y a Paul, bien sûr, l'ami de mes parents... Et puis il y a Thomas... C'est compliqué... Mais oui... Il y a Thomas... »

Elle me sourit tristement et me dit d'un air de celle qui a compris :

« Bon, c'est vrai. Ils ne sont pas tous morts... Les gens que j'aime je veux dire... Mais quand même, ce n'est pas pareil. Des parents, ça ne se remplace pas. On est triste pour toujours quand on a perdu ses parents... Non ?

— Je ne sais pas... On est triste pour toujours quand on a perdu ses parents ? Qui est-ce qui dit ça ?

— Et bien, tout le monde ! Tout le monde le sait ! Quand on perd ses parents on ne s'en remet jamais !

— Vous n'avez pas répondu à ma question Elena, qui a dit qu'on est triste pour toujours quand on a perdu ses parents et qu'on ne s'en remet jamais ?

— Tout le monde ! Tout le monde dit ça ! »

Elena monte le ton, ma question a visé juste et a touché un point sensible.

« J'insiste Elena... Qui a dit ça? Est-ce que quelqu'un vous l'a dit à vous ? »

Et tout à coup, les yeux d'Elena montent, elle relève le menton et balaie le plafond de son regard vert. Je vois presque une petite ampoule s'allumer au-dessus de sa tête. Un souvenir est remonté.

« J'ai entendu ma tante Diane dire que je ne m'en remettrai jamais.

— C'était quand ? Vous pouvez me raconter ?

— C'était à l'enterrement de mes parents... À la sortie du cimetière... Elle parlait à des gens que je ne connaissais pas et elle leur disait « C'est horrible la pauvre petite. Perdre ses parents à son âge, elle ne s'en remettra jamais, elle sera triste pour toujours » Je l'avais oublié... Comment j'ai pu oublier ça... »

Elena pleure franchement cette fois-ci. La peine et la colère se mélangent, s'entrecroisent et remontent à la surface de sa conscience.

Je la laisse pleurer quelques minutes, avant de poursuivre.

« Elena, nous allons faire ensemble un exercice si vous êtes d'accord. Ce ne sera peut-être pas très agréable au début mais l'objectif est d'effacer cette certitude que vous avez en vous que vous serez triste pour toujours parce que vos parents sont morts. Vous allez vous aider à changer cette croyance et la remplacer par une autre. Vous êtes d'accord ? »

Elle hoche la tête et je continue.

« Je voudrais que vous me décriviez précisément la situation. Vous êtes à l'enterrement de vos parents... Vous avez treize ans... Fermez les yeux... Vous sortez du cimetière... Pouvez-vous me décrire précisément ce que vous voyez ?

— Ma tante Diane a un manteau noir très long et elle s'éponge les yeux avec un mouchoir blanc... Elle parle et fait de grands gestes... Elle m'énerve, elle veut toujours attirer l'attention... Je sais qu'elle n'est pas vraiment triste...

— Décrivez-moi les gens avec qui elle parle...

— C'est un couple d'environ quarante-cinq ans... Je ne les connais pas... La dame a l'air gêné, elle regarde ses pieds, son manteau est gris foncé... Et Diane dit ça « C'est horrible, la pauvre petite, perdre ses parents à son âge, elle ne s'en remettra jamais, elle sera triste pour toujours »...

— Et vous, où êtes-vous quand elle dit ça ?

— Je suis sur le côté, je sors du cimetière et elle est à ma droite. J'ai un manteau bleu marine et l'écharpe de maman que j'aime tant. Ma grand-mère est juste derrière moi, elle dit un mot aux voisins qui présentent leurs condoléances...

— Qu'est-ce que vous vous dites quand vous entendez votre tante Diane dire ça ?

— Je me dis que ma vie est finie...

— Comment vous vous sentez ?

— Je me sens toute petite et fragile... Je me sens morte...

— Elena, vous pouvez rouvrir les yeux. Nous allons reprendre l'exercice dans quelques minutes. Voulez-vous un verre d'eau ? D'accord, on reprend.

— Vous avez maintenant vingt-neuf ans, plus de quinze ans se sont passés depuis ce moment-là. Vous avez appris beaucoup de choses depuis, vous avez évolué. Vous avez des ressources que vous n'aviez pas à l'époque. Comment réagiriez-vous à cette situation si elle se produisait maintenant ? Comment vous verriez-vous ? Que vous diriez-vous ?

— Je me sentirai plus forte, plus sûre de moi... Plus grande aussi... Je me sentirai capable de me défendre et de dire ce que j'ai sur le cœur.

– Fermez les yeux... Vous êtes en train de sortir du cimetière... Vous avez votre manteau bleu marine et l'écharpe de votre maman que vous aimez tant... Votre grand-mère est juste derrière vous, elle parle aux voisins... Vous voyez votre tante Diane à droite avec son long manteau noir... Mais cette fois-ci, à côté de vous se tient Elena d'aujourd'hui, plus forte, plus sûre d'elle, plus grande, plus capable de se défendre et de dire ce qu'elle a sur le cœur... Elle vous prend la main, elle vous rassure... Comment se passe la suite...

– Je me sens plus forte, je me sens moins seule, plus entourée... Et je dis à Diane « Ca suffit maintenant, arrête de dire n'importe quoi ! »

– Et si vous le formuliez en disant « je » ?

– Je suis blessée par ce que tu dis ! Je n'ai pas envie d'être triste toute ma vie !

– Et si vous le formuliez positivement ?

– J'ai envie d'être heureuse ! »

Quel magnifique début !

Elena a vécu toutes ces années avec la croyance chevillée au corps qu'elle ne pourrait plus être heureuse. Inconsciemment la petite phrase de Diane s'est incrustée dans son esprit, a guidé ses actes, a orienté ses choix et modifié ses réactions.

C'est une croyance limitante, un schéma de pensée.

Nous en avons tous, hérités de notre vécu.

Si l'on prend l'exemple d'Elena, de prime abord tout laisse à penser que Diane porte la responsabilité d'avoir glissé dans la tête d'Elena que « l'on ne peut plus être heureux après avoir perdu ses parents ».

On peut se dire que c'est une phrase méchante et que Diane est une personne insensible et malveillante.

Ce n'est pas ma façon de voir la situation parce que rester dans le jugement ne peut pas aider Elena.

Blâmer et entretenir de la rancœur pollue l'esprit, empêche d'avancer et de prendre sa vie en main.

Mon travail avec Elena, à partir de maintenant, va être de l'aider à percevoir que le pouvoir qu'ont ces petites phrases sur nous ou celui que d'autres personnes exercent sur nous par le biais de ces petites phrases, n'est que celui qu'on leur donne.

Nous choisissons, la plupart du temps inconsciemment, de donner ou pas de l'importance, du pouvoir à telle ou telle situation, telle ou telle réaction, telle ou telle personne.

Le comprendre peut être libérateur. C'est nous qui choisissons, c'est nous qui avons le pouvoir de changer, c'est nous qui avons le pouvoir de décider.

Nous avons la responsabilité de nos points de vue. Nous pouvons les choisir, les modifier, les remplacer pour évoluer.

Même si ce n'est pas toujours agréable de le constater, c'est nous qui donnons notre accord conscient ou inconscient à une croyance de s'installer dans notre esprit.

Dans l'exemple que nous avons pris, Diane n'a pas forcé Elena à croire ce qu'elle disait. C'est Elena qui a décidé inconsciemment de la croire et qui a installé cette conviction en elle, sans doute parce qu'elle ne pouvait pas faire autrement à ce moment-là.

Il n'y a pas de jugement, pas de culpabilité à avoir. Nous faisons du mieux que nous pouvons à certains moments de notre existence, en particulier face aux difficultés. Peu importent les pourquoi, l'essentiel est de prendre conscience que nous avons le pouvoir de changer ce qui nous fait mal.

Personne ne sait ce qui se passe dans la tête de Diane quand elle affirme que l'on ne peut plus être heureux après avoir perdu ses parents. On peut la juger, se dire que c'est odieux. On peut faire des hypothèses. Peut-être que si

Diane était à la place d'Elena elle ne se sentirait plus le droit d'être heureuse ?

Mais une hypothèse en amène une autre, qui en amène une suivante pour trouver des explications qui de toute façon seront fausses puisque seule Diane sait ce qui se passe dans sa tête à ce moment-là et peut-être même pas consciemment.

Est-ce que toutes ces considérations aideraient Elena à changer ?

Je ne le crois pas.

En travaillant sur elle et en se donnant l'opportunité de trouver ce contexte de pensée, Elena enclenche un processus de modification dans son esprit qui l'amènera, avec mon aide, à remplacer cette perception limitante par une croyance positive.

Elena a déjà dit « j'ai envie d'être heureuse ! ». Quel merveilleux début !

Faites un petit exercice. Dans les jours qui viennent, observez-vous.

Vous arrive-t-il de répéter des petites phrases sibyllines auxquelles vous ne faites même plus attention comme…

« On ne peut pas tout avoir dans la vie. » Ah bon ?

« Faut pas rêver ! » Ah bon ?

« Si on n'a pas fait d'études on ne peut pas réussir. » Ah bon ?

« On n'a pas toujours le choix. » Ah bon ?

« À cinquante ans, on est vieux. » Ah bon ?

« Élever des ados, c'est difficile. » Ah bon ?

« Le bonheur, ça ne dure pas. » Ah bon ?

« Quand on a perdu un être cher, on ne s'en remet jamais. » Ah bon ?

À répéter ces petites phrases, nous entretenons nos schémas de pensées qui conditionnent notre vie et notre perception de celle-ci.

Soyez vigilants. Notre cerveau est un outil magique.

Si vous lui répétez chaque jour que votre vie est une succession de malheurs, il va vous croire. Si vous lui répétez chaque jour que la vie est merveilleuse, il va vous croire. Et c'est ce qu'il va attirer dans votre vie, parce qu'il croit que c'est ce que vous voulez.

Choisissez. Vous avez le choix. Façonnez vos vies, retrouvez le goût de vivre en choisissant vos croyances.

Semez dans votre esprit des croyances positives. Si vous plantez des cactus, vous n'obtiendrez pas des roses mais... Des cactus.

Si ce sont des roses que vous voulez, plantez donc des roses.

L'esprit est un jardin. Après avoir un peu retourné la terre pour enlever les mauvaises herbes, vous pouvez planter ce que vous voulez.

Si votre jardin est rempli de roses, il n'y a plus de place pour les cactus. Ni pour les vôtres, ni pour ceux que d'autres voudraient planter chez vous.

Prenez soin de votre jardin. Prenez soin de votre esprit. Choisissez ce que vous avez envie d'y faire pousser. C'est bien plus simple qu'il n'y paraît.

Et là, certains d'entre vous se disent peut-être « Elle est marrante, c'est plus facile à dire qu'à faire ! ». Et d'autres « Génial, ça m'inspire. Je vais essayer. »

Vous voyez, on a toujours le choix.

C'est ma croyance positive. Je l'entretiens depuis des années. Je vous l'offre.

Elena partit sur un coup de tête. C'était début novembre. Mary voyait bien qu'Elena n'était pas comme d'habitude. Elle l'avait surprise plusieurs fois dans les rayons, les yeux dans le vide, immobile.

Ce jour-là, le vent s'était levé et le soleil timide n'arrivait pas à réchauffer les rues de Toulouse. La librairie était plutôt déserte à part quelques habitués venus chercher leur commande ou une nouveauté.

Les pensées tournoyaient dans la tête d'Elena. Ses dernières séances l'avaient pas mal bousculée.

Elle pensait sans cesse à Thomas et à Biarritz qui n'étaient pas si loin que ça.

Ce jour-là, elle ressentit comme une urgence, un besoin irrépressible d'agir.

Comme frappée par la foudre, vers seize heures, Elena se rua sur son sac, son manteau et ses clefs.

Elle vit apparaître le panneau « Biarritz » sans savoir comment elle était arrivée là. Sa bonne étoile avait certainement dû la guider.

Elle sortit de sa poche le petit bout de papier que Claire lui avait donné et se mit en quête de trouver Thomas.

Elle s'était garée facilement à quelques pas du cabinet d'architecte avec lequel Thomas travaillait. Elena le voyait à présent à travers la fenêtre éclairée.

La nuit de novembre l'enveloppait et le vent glacial de l'océan rugissait par moments.

Thomas parlait avec un homme, ils se faisaient passer des papiers. Elena le voyait se pencher sur son bureau, écrire et téléphoner.

Au bout de quelque temps, alors qu'Elena à l'abri dans sa voiture ne quittait pas Thomas des yeux, les lumières s'éteignirent. Elle vit Thomas et l'autre personne sortir de l'immeuble quelques minutes plus tard. Ils se parlèrent encore cinq minutes avant de se serrer la main. Thomas resta seul dans l'obscurité, son caban sombre au col relevé, le petit écran bleu de son portable qu'il consultait à la main.

Une portière claqua. Thomas releva machinalement la tête.

Et là, de l'autre côté de la rue, il vit Elena.

Elena et ses magnifiques yeux gris-vert.

Son cœur tripla de volume dans sa poitrine.

Elle traversa la rue et se dirigea vers lui à pas lents. Ils se regardaient à présent à un mètre de distance.

Se trouver en présence l'un de l'autre, c'était comme arriver au port après un long voyage.

Comme une évidence, une certitude, la confirmation d'être arrivé à destination.

Thomas caressa la joue d'Elena où roulait une larme et lui dit :

« Je t'attends depuis si longtemps » avant de lui ouvrir ses bras.

Et là, blottie dans les bras de Thomas, Elena comprit qu'il n'y a qu'un seul chemin après le deuil. C'est l'Amour.

Aimer, encore et toujours. Quitte à perdre pour mieux aimer encore.

Aimer pour continuer à vivre.

Aimer pour rester conscient.

Aimer parce que d'autres ont souffert.

Aimer pour que d'autres ne soient pas morts pour rien.

Aimer pour transmettre l'amour que l'on a soi-même reçu.

Aimer pour passer le flambeau.

Aimer pour poursuivre l'histoire.

Aimer parce que c'est ce qui donne un sens à la Vie.

Plongée dans le dossier d'une patiente, je fus tirée de mes réflexions par le tintement de mon téléphone. Un message venait d'arriver.

Ma pétillante sœur arrivait enfin et m'annonçait qu'elle serait chez moi ce soir vers vingt heures.

Je sentais mes lèvres s'étirer en un sourire rieur, gagnée que j'étais par la joie de retrouver ma sœur.

J'avais déjà hâte d'être à ce soir pour profiter de cette soirée où l'on rattraperait le temps perdu et où l'on aurait tant de choses à se raconter.

Ma journée terminée, je me hâtais hors du cabinet et filais chez moi préparer de quoi boire et grignoter.

J'étais en train de mettre de la musique quand la sonnette de l'entrée retentit.

Je partis en courant vers la porte et l'ouvrais à la volée.

Ma sœur se jeta dans mes bras et sans pouvoir contenir l'émotion dans sa voix, elle me murmura à l'oreille « tu m'as manqué, Face de Lune »...

Remerciements

Merci à Antoine et Emma, mes deux soleils, pour vos conseils avisés et d'avoir cru à ce livre avant moi.

Merci à Raphaël qui m'a appris que tout est possible et que l'on peut rester fidèle à ses rêves. Merci d'être à mes côtés sur le chemin de la vie.

Merci à Armelle et Cloé qui m'inspirent par leur optimisme et leur vitalité à toute épreuve. C'est bon de vous savoir là.

Merci à Adeline pour ton soutien, tes encouragements et ta bienveillance.

Merci à mon père à qui j'emprunte l'expression « Face de Lune ».

Merci de m'avoir donné le goût des mots, de la lecture et de l'écriture.

Merci pour toutes ces histoires que tu m'as racontées et qui ont bercé mon enfance.

Merci pour ça et bien sûr, pour tout le reste...

librinova
www.librinova.com

Imprimé en France
FROC020942260419
21006FR00004B/24/P

9 791026 219231